# Estudos de mulher

*Inclui o prefácio original de Balzac à* Comédia humana

Livros do autor na Coleção **L&PM** POCKET:

*Como fazer a guerra – máximas e pensamentos de Napoleão*

A COMÉDIA HUMANA:

*O coronel Chabert* seguido *de A mulher abandonada*
*A duquesa de Langeais*
*Esplendores e misérias das cortesãs*
*Estudos de mulher*
*Eugénie Grandet*
*Ferragus*
*Ilusões perdidas*
*O lírio do vale*
*A menina dos olhos de ouro*
*A mulher de trinta anos*
*O pai Goriot*
*A pele de Onagro*
*A vendeta* seguido *de A paz conjugal*

*Honoré de Balzac*

## **A COMÉDIA HUMANA**
### ESTUDOS DE COSTUMES
#### CENAS DA VIDA PRIVADA

# ESTUDOS DE MULHER
*Inclui o prefácio original de Balzac à* COMÉDIA HUMANA

*Tradução de* RUBEM MAURO MACHADO
e
*Tradução do Prefácio de* ILANA HEINEBERG

www.lpm.com.br

**L&PM** POCKET

Coleção **L&PM** POCKET, vol. 508

Título original: *Étude de femme, Autre étude de femme* (tradução de Rubem Mauro Machado) e *Avant-propos de La comédie humaine* (tradução de Ilana Heineberg)

Primeira edição na Coleção **L&PM** POCKET: julho de 2006
Esta reimpressão: janeiro de 2025

*Capa*: Ivan Pinheiro Machado
*Créditos das ilustrações da capa*: da esquerda para a direita, *Jeune Fille en buste* de Pierre-Narcise Guérin 1858, Museu do Louvre, Paris; *La Contesse Hallea Claparède* de Edouard Dubufe 1857, Museu Nacional de Compiègne, Compiègne, França; *Portrait de Mme. F* de de Edouard Dubufe1862, Museu d'Orsay, Paris; *Antigone* de Frederick Leighton 1882, coleção particular.
*Revisão*: Bianca Pasqualini, Jó Saldanha e Renato Deitos

Cip-Brasil. Catalogação-na-Fonte
Sindicato Nacional dos Editores de livros, RJ.

---

B158e Balzac, Honoré de, 1799-1850.
   Estudos de mulher / Honoré de Balzac ; tradução de Rubem Mauro Machado e Ilana Heineberg – Porto Alegre, RS : L&PM, 2025
   160p. : il. – (L&PM Pocket; 522)
   Tradução de: *Étude de femme*; *Autre étude de femme*; e, *Avant-propos de La comédie humaine*
   "Inclui o prefácio original de Balzac à Comédia humana"
   Relacionado com a Comédia humana. Inclui bibliografia
   ISBN 978-85-254-1474-8
   1. Ficção francesa. I. Heineberg, Ilana. II. Machado, Rubem Mauro, 1941-. III. Título. IV. Título: Comédia humana. V. Série 06-2050.
         CDD 843
         CDU 821.133.1-3

---

© da tradução, L&PM Editores, 2006

Todos os direitos desta edição reservados a L&PM Editores
Rua Comendador Coruja ,314, loja 9 – Floresta – 90.220-180
Porto Alegre – RS – Brasil / Fone: 51.3225.5777

Pedidos & Depto. comercial: vendas@lpm.com.br
Fale conosco: info@lpm.com.br
www.lpm.com.br

Impresso no Brasil
Verão de 2025

# Sumário

Apresentação – *A comédia humana* ........................... 7
Introdução – Todas as mulheres de Balzac ............. 13
Prefácio à *comédia humana* ......................................... 17
Estudo de mulher ................................................... 47
Outro estudo de mulher ........................................... 65
Cronologia ............................................................. 156

## Apresentação

# A comédia humana

*Ivan Pinheiro Machado*

*A comédia humana* é o título geral que dá unidade à obra máxima de Honoré de Balzac e é composta de 89 romances, novelas e histórias curtas.[1] Este enorme painel do século XIX foi ordenado pelo autor em três partes: "Estudos de costumes", "Estudos analíticos" e "Estudos filosóficos". A maior das partes, "Estudos de costumes", com 66 títulos, subdivide-se em seis séries temáticas: *Cenas da vida privada, Cenas da vida provinciana, Cenas da vida parisiense, Cenas da vida política, Cenas da vida militar* e *Cenas da vida rural.*

Trata-se de um monumental conjunto de histórias, considerado de forma unânime uma das mais importantes realizações da literatura mundial em todos os tempos. Cerca de 2,5 mil personagens se movimentam pelos vários livros de *A comédia humana,* ora como protagonistas, ora como coadjuvantes. Genial observador do seu tempo, Balzac soube como ninguém captar o "espírito" do século XIX. A França, os franceses e a Europa no período entre a Revolução Francesa e a Restauração têm nele um pintor magnífico

---

1. A ideia de Balzac era que *A comédia humana* tivesse 137 títulos, segundo seu *Catálogo do que conterá A comédia humana,* de 1845. Deixou de fora, de sua autoria, apenas *Les cent contes drolatiques,* vários ensaios e artigos, além de muitas peças ficcionais sob pseudônimo e esboços que não foram concluídos.

e preciso. Friedrich Engels, numa carta a Karl Marx, disse: "Aprendi mais em Balzac sobre a sociedade francesa da primeira metade do século, inclusive nos seus pormenores econômicos (por exemplo, a redistribuição da propriedade real e pessoal depois da Revolução), do que em todos os livros dos historiadores, economistas e estatísticos da época, todos juntos".

Clássicos absolutos da literatura mundial como *Ilusões perdidas, Eugénie Grandet, O lírio do vale, O pai Goriot, Ferragus, Beatriz, A vendeta, Um episódio do terror, A pele de onagro, Mulher de trinta anos, A fisiologia do casamento*, entre tantos outros, combinam-se com dezenas de histórias nem tão célebres, mas nem por isso menos deliciosas ou reveladoras. Tido como o inventor do romance moderno, Balzac deu tal dimensão aos seus personagens que já no século XIX mereceu do crítico literário e historiador francês Hippolyte Taine a seguinte observação: "Como William Shakespeare, Balzac é o maior repositório de documentos que possuímos sobre a natureza humana".

Balzac nasceu em Tours em 20 de maio de 1799. Com dezenove anos convenceu sua família – de modestos recursos – a sustentá-lo em Paris na tentativa de tornar-se um grande escritor. Obcecado pela ideia da glória literária e da fortuna, foi para a capital francesa em busca de periódicos e editoras que se dispusessem a publicar suas histórias – num momento em que Paris se preparava para a época de ouro do romance-folhetim, fervilhando em meio à proliferação de jornais e revistas. Consciente da necessidade do aprendizado e da sua própria falta de experiência e técnica, começou publicando sob pseudônimos exóticos, como Lord R'hoone e Horace de Saint-Aubin. Escrevia histórias de aventuras, romances policialescos, açucarados, folhetins baratos, qualquer coisa que lhe desse o sustento. Obstinado com seu futuro, evitava usar o seu verdadeiro nome para dar autoria a obras que considerava (e de fato eram) menores. Em 1829, lançou o primeiro livro a ostentar seu nome na capa – *A Bretanha em 1800* –, um romance histórico em que tentava seguir o estilo de *Sir* Walter Scott (1771-1832), o grande romancista escocês autor de romances históricos clássicos, como *Ivanhoé*. Nesse momento, Balzac sente que começou um grande projeto literário e lança-se fervorosamente na sua execução. Paralelamente à enorme produção que detona a partir de 1830, seus delírios de grandeza levam-no a bolar negócios que vão desde gráficas e revistas até minas de prata. Mas fracassa como homem de negócios. Falido e endividado, reage criando obras-primas para pagar seus credores numa destrutiva jornada de trabalho de até dezoito horas diárias. "Durmo às seis da tarde e acordo à meia-noite, às vezes passo 48 horas sem dormir...", queixava-se em cartas aos amigos. Nesse ritmo alucinante, ele produziu alguns de seus livros mais conhecidos e despontou para a fama e para a glória. Em 1833, teve a antevisão do conjunto de sua obra e passou a formar uma grande "sociedade", com famílias, cortesãs, nobres, burgueses, notários, personagens de bom ou mau-caráter, vigaristas, camponeses, homens honrados, avarentos, enfim, uma enorme galeria de tipos que se cruzariam em várias histórias diferentes sob o título geral de *A comédia humana*. Convicto da importância que representava a ideia de unidade para todos os seus romances, escreveu à sua irmã, comemorando: "Saudai-me, pois estou seriamente na iminência de tornar-me um gênio". Vale ressaltar que nesta imensa galeria de tipos, Balzac criou um espetacular conjunto de personagens femininos que – como dizem unanimemente seus biógrafos e críticos – tem uma dimensão muito maior do que o conjunto dos seus personagens masculinos.

Aos 47 anos, massacrado pelo trabalho, pela péssima alimentação e pelo tormento das dívidas que não o abandonaram pela vida inteira, ainda que com projetos e esboços para pelo menos mais vinte romances, já não escrevia mais. Consagrado e reconhecido como um grande escritor, havia construído em frenéticos dezoito anos este monumento com quase uma centena de livros. Morreu em 18 de agosto de 1850, aos 51 anos, pouco depois de ter casado com a condessa polonesa Ève Hanska, o grande amor da sua vida. O grande intelectual Paulo Rónai (1907-1992), escritor, tradutor, crítico e coordenador da publicação de *A comédia humana* no Brasil, nas décadas de 1940 e 1950, escreveu em seu ensaio biográfico "A vida de Balzac": "Acabamos por ter a impressão de haver nele um velho conhecido, quase que um membro da família – e ao mesmo tempo compreendemos cada vez menos seu talento, esta monstruosidade que o diferencia dos outros homens".[2]

---

2. RÓNAI, Paulo. "A vida de Balzac". In: BALZAC, Honoré de. *A comédia humana*. Vol. 1. Porto Alegre: Globo, 1940. Rónai coordenou, prefaciou e executou as notas de todos os volumes publicados pela Editora Globo.

A verdade é que a obra de Balzac sobreviveu ao autor, às suas idiossincrasias, vaidades, aos seus desastres financeiros e amorosos. Sua mente prodigiosa concebeu um mundo muito maior do que os seus contemporâneos alcançavam. E sua obra projetou-se no tempo como um dos momentos mais preciosos da literatura universal. Se Balzac nascesse de novo dois séculos depois, ele veria que o último parágrafo do seu prefácio para *A comédia humana*, longe de ser um exercício de vaidade, era uma profecia:

A imensidão de um projeto que abarca a um só tempo a história e a crítica social, a análise de seus males e a discussão de seus princípios autoriza-me, creio, a dar à minha obra o título que ela tem hoje: *A comédia humana*. É ambicioso? É justo? É o que, uma vez terminada a obra, o público decidirá.

## Introdução

# Todas as mulheres de Balzac

Este *Estudos de mulher* inclui dois textos de Balzac: *Estudo de mulher*, publicado no periódico *La Mode*, em 1830, e *Outro estudo de mulher*, um mosaico de histórias narradas pelos principais personagens de *A comédia humana*, escrito entre 1839 e 1842. O primeiro texto data do começo da carreira do escritor, quando este passou a assinar com seu nome verdadeiro, e não mais com pseudônimos (em uma carta ao editor Louis Mame, datada de setembro de 1832, o autor chegou a sugerir a edição deste conto, acompanhado de *Sarrasine* e outros, sob o título *Estudos de mulher*). Já *Outro estudo de mulher* foi criado em plena maturidade, quando Balzac, então uma celebridade, já publicara vários volumes de *A comédia* tal como fora concebida. Ambos os textos foram incluídos na série *Cenas da vida privada*.

Já se falou que, se os personagens masculinos fossem retirados de *A comédia humana*, ela ficaria empobrecida, mas sobreviveria. Mas se tirássemos os personagens femininos, a obra desabaria. Isto porque a energia, o talento e a impressionante capacidade de fabulação de Balzac está toda ela concentrada em investigar a alma das suas mulheres. Os homens de *A comédia*, alguns notáveis, outros medíocres, são todos direta ou indiretamente dependentes das mulheres. Elas balizam os humores de *A comédia humana*; elas são causa e consequência de tramas que se encadeiam, e *Outro estudo de mulher* é um exemplo clássico da hegemonia das mulheres no universo ficcional de Balzac. Ironicamente, o nome de Balzac é ligado às mulheres (as balzaquianas) devido a um livro menor, que é *A mulher de trinta anos*. A partir desse livro firmou-se a fama de Balzac como um entendedor da alma feminina, uma injustiça se compararmos Hélène d'Aiglemont com mulheres como a condessa de Mortsauf de *O lírio do vale*, Eugénie Grandet, a duquesa de Langeais, as sedutoras duquesa de Maufrigneuse, madame de Sérizy, baronesa de Nucingen, madame d'Espard, princesa de Cadignan, a sensual lady Dudley ou as deslumbrantes cortesãs Esther e Corinne, entre dezenas de magníficos personagens femininos.

Neste *Estudos de mulher*, Balzac reúne alguns de seus personagens masculinos preferidos. Coincidência ou não, é Horace Bianchon o narrador do primeiro *estudo* e um dos prosadores do *outro estudo*. Bianchon é um dos dois médicos favoritos de *A comédia*, juntamente com seu mestre, o dr. Desplein, protagonista de *A missa do ateu*. Bianchon contracena com Rastignac em ambas as histórias, como já acontecera em *O pai Goriot*. É do final deste livro a célebre cena em que, do cemitério Père Lachaise, Rastignac vê Paris aos seus pés e decide desafiar e conquistar a sociedade que desprezara e matara seu amigo Goriot. E, tornando-se amante da baronesa de Nucingen (ou Delphine Goriot de solteira, filha do pai Goriot), escala a fama e a fortuna entre as mansões e os palacetes do Faubourg Saint-Germain. Uma carta escrita por este Eugène de Rastignac, que não chegou às mãos da baronesa de Nucingen, causa o maravilhoso desconforto que deliciará o leitor de *Estudo de mulher*.

Em *Outro estudo de mulher* temos a narração de um verdadeiro sarau da grande sociedade parisiense, representada pela linha de frente da galeria de tipos balzaquianos, como a marquesa d'Espard, a senhora De Touches, o intelectual Émile Blondet, o velho lorde Dudley (pai natural de Henri de Marsay), a baronesa de Nucingen (já amante de Rastignac), a senhora de Montcornet, a madame de Sérizy, a princesa de Cadignan, lady Barimore (ex-lady Dudley, irmã de De Marsay e filha de lorde Dudley), além de Horace Bianchon e Henri de Marsay, entre muitos outros personagens que se cruzarão em dezenas de romances de *A comédia*.

Não fosse pelas histórias, este texto já seria antológico como um magnífico estudo de costumes da primeira metade do século XIX, pretensão que Balzac assume totalmente ao colocar "Estudo de costumes" como título de uma das subdivisões de *A comédia humana*.

Como *A mulher de trinta anos*, esta novela é uma reunião de vários fragmentos, histórias que são narradas durante o sarau e que seriam contos autônomos. A última história havia sido escrita com o título de "A grande ameia" (*La Grande Bretèche*) e foi incorporada nesta novela, ocupando a parte mais importante da narrativa pelo que tem de macabro e extraordinário. O leitor de *A comédia humana* certamente se deliciará com estas histórias, a visão feminina da paixão, do ciúme, do amor e da virtude, narrada por velhos conhecidos como Henri de Marsay e Blondet.

Para abrir este livro incluímos o famoso prefácio geral de *A comédia humana*. Um texto primoroso em que Honoré de Balzac explica o projeto e sua pretensão de realizar um enorme afresco da sociedade da sua época. O leitor verá que Balzac tinha, então, plena consciência de que estava construindo um dos grandes monumentos da literatura mundial de todos os tempos.

*I.P.M.*

# Prefácio à *Comédia humana*

Honoré de Balzac

Ao dar a uma obra realizada há quase treze anos o título de *A comédia humana*, é necessário explicar qual é sua ideia, contar sua origem, explicar brevemente seu plano, tentando falar dessas coisas como se eu não estivesse interessado nelas. Isso não é tão difícil como o público poderia pensar. Poucas obras propiciam muito amor-próprio, muito trabalho propicia infinita modéstia. Essa observação dá conta dos exames que Corneille, Molière e outros grandes autores fizeram de suas belas obras: se é impossível de igualar-se a eles em suas belas concepções, podemos querer parecer-nos com eles nesse sentimento.

A ideia inicial de *A comédia humana* surgiu primeiramente em mim como um sonho, como um desses projetos impossíveis que acariciamos e que deixamos voar; uma quimera que sorri, que mostra seu rosto de mulher e que tão logo estende suas asas subindo em um céu fantástico. Mas a quimera, como muitas quimeras, transforma-se em realidade, ela tem seus comandos e sua tirania aos quais é preciso ceder.

Essa ideia vem de uma comparação entre a Humanidade e a Animalidade.

Seria errôneo acreditar que a grande querela que, nesses últimos tempos, nasceu entre Cuvier[1] e Geoffroy

---

1. Barão Cuvier (1769-1832), naturalista francês, conselheiro de Estado, professor de História Natural no prestigioso Collège de France. (N.T.)

Saint-Hilaire[2] fundava-se numa inovação científica[3]. A *unidade de composição* já ocupara, em outros termos, os maiores espíritos científicos de dois séculos precedentes. Relendo as obras tão extraordinárias de escritores místicos que se dedicaram às ciências em suas relações com o infinito, como Swedenborg[4], Saint-Martin[5] etc. e os escritos dos maiores gênios da história natural, como Leibniz[6], Buffon[7], Charles Bonnet[8] etc., encontramos nas mônadas de Leibniz, nas moléculas orgânicas de

---

2. Saint-Hilaire (1772-1844), naturalista e zoologista francês. (N.T.)

3. Essa polêmica estoura na Academia Real de Ciências em 1930, ou seja, doze anos antes da publicação deste prefácio para *A comédia humana*. As divergências entre Cuvier e Saint-Hilaire surgem a propósito de uma monografia sobre os cefalópodes e dividem o mundo científico da época. (N.T.)

4. Emanuel Swedenborg (1688-1772), teosofista sueco. (N.T.)

5. Louis Claude de Saint-Martin (1743-1803), filósofo e místico francês. Ligado à corrente iluminista, propõe uma leitura dos textos cristãos à luz do neoplatonismo e das ciências ocultas. (N.T.)

6. Gottfried-Wilhelm von Leibniz (1646-1716), matemático e filósofo alemão. Considerado um dos pais do cálculo moderno. (N.T.)

7. Conde de Buffon (1707-1788), naturalista francês, autor de *História natural, geral e particular*. Suas teorias naturalistas influenciaram duas gerações seguintes, entre as quais a de Darwin e de Lamarck. (N.T.)

8. Charles Bonnet (1720-1793), filósofo e naturalista suíço. (N.T.)

Buffon, na força vegetativa de Needham[9], no *encaixe* das partes similares de Charles Bonnet, bastante ousado para escrever em 1760: *O animal vegeta como uma planta*; encontramos, afirmo, os rudimentos da bela lei do *si para si* sobre a qual repousa a *unidade de composição*. Existe apenas um animal. O criador não se serviu senão de um único e mesmo padrão para todos os seres organizados. O animal é um princípio que toma sua forma exterior, ou, para ser mais exato, as diferenças de sua forma, nos meios em que ele é levado a desenvolver-se. As espécies zoológicas resultam dessas diferenças. A proclamação e o apoio desse sistema, em harmonia, aliás, com as ideias que temos do poder divino, será a honra eterna de Geoffroy de Saint-Hilaire, que venceu Cuvier nessa questão científica, e cujo triunfo foi saudado no último artigo que o grande Goethe escreveu.

Tendo penetrado nesse sistema bem antes dos debates que ele gerou, vi que, nesse ponto preciso, a Sociedade se parece com a Natureza. A sociedade não faz do homem, de acordo com os meios em que sua ação se manifesta, tantos homens diferentes quanto as variedades em zoologia? As diferenças entre um soldado, um operário, um administrador, um advogado, um desocupado, um cientista, um estadista, um comerciante, um marinheiro, um poeta, um pobre, um padre são, embora mais difíceis de serem captadas, tão consideráveis quanto as que distinguem o lobo, o leão, o asno, o corvo, o tubarão, o cavalo-marinho, a cabra etc. Então existiram e existirão em todos os tempos

---

9. John Tuberville Needham (1713-1781), padre naturalista inglês. (N.T.)

Espécies Sociais como existem Espécies Zoológicas. Se Buffon fez um trabalho magnífico ao tentar representar em um livro o conjunto da zoologia, será que não haveria uma obra do mesmo gênero a ser feita no tocante à Sociedade? Mas a Natureza colocou, para as variedades animais, limites que a Sociedade não deveria respeitar. Quando Buffon descrevia o leão, ele finalizava a leoa em algumas frases; ao passo que, na Sociedade, a mulher nem sempre é a fêmea do macho. Pode haver dois seres perfeitamente diferentes em um lar. A mulher de um comerciante é, por vezes, digna de um príncipe, e frequentemente a de um príncipe não vale a de um artista. O Estado Social tem destinos que a Natureza não se permite, pois ele é a Natureza mais a Sociedade. A descrição das Espécies Sociais seria então pelo menos o dobro das Espécies Animais, considerando-se apenas os dois sexos. Enfim, entre os animais, há poucos dramas, a confusão não existe; eles se atiram uns sobre os outros, eis tudo o que pode acontecer. Os homens também se atiram uns sobre os outros, mas a variação de sua inteligência torna o combate muito mais complicado. Se alguns cientistas ainda não admitem que a Animalidade transborde na Humanidade através de uma imensa corrente de vida, o quitandeiro torna-se certamente par da França[10], e o nobre desce por vezes à mais baixa camada social. Além disso, Buffon deparou-se com uma vida excessivamente simples nos animais. O animal tem pouco mobiliário, não tem nem arte nem ciência; o homem, por uma lei que ainda precisa ser encontrada, tende a

---

10. Distinção honorífica conferida pelos reis franceses a homens notáveis. (N.T.)

representar seus costumes, seu pensamento e sua vida em tudo aquilo que ele apropria a suas necessidades. Embora Leuwenhoëk[11], Swammerdam[12], Spallanzani[13], Réaumur[14], Charles Bonnet, Muller[15], Haller[16] e outros zoologistas pacientes tenham demonstrado o quanto os modos dos animais eram interessantes, os hábitos de cada animal são, ao menos a nossos olhos, constantemente idênticos em qualquer tempo; ao passo que os hábitos, as vestimentas, as falas e o domicílio de um príncipe, de um banqueiro, de um artista, de um burguês, de um padre e de um pobre são inteiramente diversos e mudam conforme as civilizações.

Assim, a obra por fazer deveria ter uma forma tripla: os homens, as mulheres e as coisas, ou seja, as pessoas e a representação material que elas dão de seu pensamento; enfim, o homem e a vida.

Ao ler as nomenclaturas secas e repulsivas de fatos chamados de *histórias*, quem é que não se deu conta de que os escritores esqueceram, em todos os tempos,

---

11. Leuwenhoëk (1632-1723), cientista holandês, um dos inventores do microscópio. Muito citado por Balzac em toda *A comédia humana*. (N.T.)

12. Jan Swammerdam (1637-1680), biólogo e naturalista holandês. (N.T.)

13. Lazzaro Spallanzani (1729-1799), padre e biólogo italiano. (N.T.)

14. René-Antoine Ferchault de Réaumur (1683-1757), naturalista e físico. (N.T.)

15. Othon Frederick Muller (1782-1816), naturalista dinamarquês. (N.T.)

16. Albrecht von Haller (1708-1777), médico, fisiologista e botânico suíço. (N.T.)

no Egito, na Pérsia, na Grécia, em Roma, de dar-nos a história dos costumes? A passagem de Petrônio[17] sobre a vida privada dos romanos irrita mais do que satisfaz a nossa curiosidade. Após ter notado essa imensa lacuna no campo da história, o abade Barthélémy[18] consagrou sua vida a retratar os costumes gregos em *Anarchasis*.

Mas como tornar interessante o drama de três mil a quatro mil personagens que uma Sociedade apresenta? Como agradar simultaneamente ao poeta, ao filósofo e às massas, que querem a poesia e a filosofia através de imagens surpreendentes? Se eu concebesse a importância e a poesia dessa história do coração humano, não veria nenhum modo de execução; afinal, até nossa época, os mais célebres contadores de história haviam gastado seu talento criando um ou dois personagens típicos, pintando uma face da vida. Foi com esse pensamento que eu li as obras de Walter Scott[19]. Walter Scott, esse descobridor (trovador) moderno, imprimia então um porte gigantesco a um gênero de composição injustamente chamado de secundário. Não é verdadeiramente mais difícil fazer concorrência ao Estado Civil com

---

17. Petrônio (?-6 a.C), escritor latino a quem é atribuído o romance *Satyricon*. (N.T.)

18. Jean-Jacques Barthélémy (1716-1795), escritor francês, autor de *Le voyage du jeune Anarchasis en Grèce*, publicada em 1788, em que descreve os usos e costumes da Antiguidade clássica. A obra foi reeditada inúmeras vezes e traduzida para diversas línguas. (N.T.)

19. Walter Scott (1771-1832), poeta e escritor escocês, autor de *Wavery* (1814), *Ivanhoé* (1820), entre outros. (N.T.)

Daphnis e Chloë[20], Roland[21], Amadis[22], Panurge[23], Dom Quixote[24], Manon Lescaut[25], Clarissa, Lovelace[26], Robinson Crusoé[27], Gil Blas[28], Ossian[29], Julie

---

20. Daphnis e Chloë são personagens das pastorais do autor grego Longus (nascido no século III ou IV d.C.). (N.T.)

21. Roland é o herói do poema épico *A canção de Roland*, composto no século XI, tendo por base histórica a batalha travada no século VIII entre o exército de Carlos Magno, comandado por Roland, e um grupo de montanheses bascos. (N.T.)

22. Amadis é o herói do romance de cavalaria *Amadis de Gaula*, do século XIV, geralmente atribuído ao português Vasco de Lobeira, mas cuja autoria permanece incerta devido ao fato de a primeira publicação ser em espanhol. (N.T.)

23. Panurge é um personagem do romance *Pantagruel* (1532), de Rabelais (1494-1553). (N.T.)

24. Dom Quixote é o protagonista do romance homônimo de Miguel de Cervantes (1547-1616). (N.T.)

25. A prostituta Manon Lescaut é a heroína do romance homônimo, de 1731, do abade Prévost (1697-1763). (N.T.)

26. Lovelace e Clarissa Harlowe são personagens do romance *Clarissa* (1747-1748), do escritor inglês Samuel Richardson (1689-1761). (N.T.)

27. Robinson Crusoé é o herói do romance *As aventuras de Robinson Crusoé*, de Daniel Defoe (1660-1731), publicado em 1719. (N.T.)

28. Gil Blas é o protagonista do romance picaresco francês *Histoire de Gil Blas de Santillana* (1715-1736), de Alan Resnais Lesage (1668-1747). (N.T.)

29. Ossian, bardo escocês do século III, filho do rei Final, a quem foram atribuídos os poemas gaélicos publicados em inglês por James MacPherson (1736-1796) entre 1760 e 1763. (N.T.)

d'Étanges[30], meu tio Toby[31], Werther[32], René[33], Corinne[34], Adolphe[35], Paul e Virginie[36], Jeanie Deans[37], Claverhouse[38],

---

30. Julie d'Étanges é personagem de *A nova Heloísa* (1761), romance epistolar de Jean-Jacques Rousseau (1712-1778). (N.T.)

31. O tio Toby é personagem de *A vida e as opiniões de Tristram Shandy* (1760-1767), de Laurence Sterne (1713-1768). (N.T.)

32. Werther é o herói romântico do romance *Os sofrimentos do jovem Werther* (1774), de Johann Wolfgang von Goethe (1749-1822). (N.T.)

33. René é o protagonista do romance homônimo de 1802, do escritor francês René François Chateaubriand (1768-1848). (N.T.)

34. Corinne é a protagonista do romance *Corinne ou l'Italie* [Corinne ou a Itália] (1807), de Madame de Staël (1766-1817). (N.T.)

35. Adolphe é o herói do romance homônimo de Benjamin Constant (1767-1830), publicado em 1816. (N.T.)

36. Paul e Virginie são os protagonistas que dão nome ao romance de Bernardin de Saint-Pierre (1737-1814) publicado em 1787. (N.T.)

37. Jeanie Deans é personagem do romance *The heart of Midlothian* [O coração de Midlothian] (1818), de Walter Scott (1771-1832). (N.T.)

38. John Graham of Claverhouse, visconde de Dundee (1648-1689), chefe do primeiro levante jacobita evocado por Walter Scott (1771-1832) em *Old mortality* [Velha mortalidade] (1816). (N.T.)

Ivanhoé[39], Manfred[40], Mignon[41] do que colocar em ordem os fatos, bastante semelhantes em todas as nações, buscar o espírito de leis caídas em desuso, redigir teorias que desnorteiem os povos, ou, como certos metafísicos, que expliquem o ser? Em primeiro lugar esses personagens, cuja existência torna-se mais longa, mais autêntica do que a das gerações em meio das quais os fazemos nascer, quase sempre só vivem sob a condição de serem uma grande imagem do presente. Concebido nas entranhas de seu século, todo o coração humano se agita sob seus invólucros, nos quais se esconde frequentemente toda uma filosofia. Walter Scott elevava então ao valor filosófico da história o romance, essa literatura que, de século em século, incrusta diamantes imortais à coroa poética dos países onde se cultivam as letras. Colocava no romance o espírito dos tempos antigos e nele reunia simultaneamente o drama, o diálogo, o retrato, a paisagem, a descrição; fazia entrar no romance o maravilhoso e o verdadeiro, elementos da epopeia, fazia com que nele a poesia se acotovelasse com a familiaridade das linguagens mais humildes. Mas, tendo menos imaginado um sistema do que encontrado sua própria maneira no fogo do trabalho ou na lógica desse trabalho, ele não havia

---

39. Ivanhoé é o herói do romance homônimo de Walter Scott (1771-1832), de 1819, que tornou conhecida a história de Robin Wood fora da Inglaterra. (N.T.)

40. Manfred é personagem de drama poético homônimo de lorde Byron (1788-1824), de 1817. (N.T.)

41. Mignon é personagem de *Os anos de aprendizagem de Wilhelm Meister* (1795-1796), de Johann Wolfgang von Goethe (1749-1822). (N.T.)

pensado em ligar suas composições umas às outras de maneira a coordenar uma história completa, da qual cada capítulo teria sido um romance, e cada romance, uma época. Ao perceber essa falta de ligação, que, aliás, não torna os escoceses menos grandiosos, vi simultaneamente o sistema favorável à execução de minha obra e a possibilidade de executá-la. Ainda que, por assim dizer, fascinado pela fecundidade surpreendente de Walter Scott, sempre idêntico a si mesmo e sempre original, não fiquei desesperado, pois encontrei a razão desse talento na infinita variedade da natureza humana. O acaso é o maior romancista do mundo: para tornar-se fecundo, basta estudá-lo. A Sociedade francesa seria o historiador, eu seria apenas o secretário. Ao fazer o inventário dos vícios e das virtudes, reunindo os principais fatos das paixões, pintando os caracteres, escolhendo os acontecimentos principais da Sociedade, compondo tipos pela reunião de traços de diversos caracteres homogêneos, pode ser que eu consiga chegar a escrever a história esquecida por tantos historiadores, a dos costumes. Com muita paciência e muita coragem, eu realizaria, com relação à França do século XIX, aquele livro que todos nós lastimamos que Roma, Atenas, Tiro, Mênfis, a Pérsia e a Índia, infelizmente, não tenham nos deixado sobre sua civilização e que, a exemplo do abade Barthélémy, o corajoso e paciente Monteil[42] tentara fazer com relação à Idade Média, mas sob uma forma pouco atraente.

---

42. Alabs-Alexis Monteil (1769-1850), historiador e autor de *Histoire des Français des divers états aux cinq derniers siècles*, obra em dez volumes que começou a ser publicada em 1827. (N.T.)

Esse trabalho ainda não era nada. Atendo-se a essa reprodução rigorosa, um escritor poderia tornar-se um pintor mais ou menos fiel, mais ou menos feliz, paciente ou corajoso dos tipos humanos, o contador dos dramas da vida íntima, o arqueólogo do mobiliário social, nomenclador das profissões, o registrador do bem e do mal; mas, para merecer os elogios que todo artista deve ambicionar, eu não deveria estudar as razões ou a razão desses efeitos sociais, surpreender o significado escondido nessa imensa junção de figuras, de paixões e de acontecimentos. Enfim, depois de ter buscado, não digo encontrado, aquela razão, aquele motor social, não seria preciso meditar sobre os princípios naturais e ver em que as Sociedades se afastam ou se reaproximam da regra eterna do verdadeiro e do belo? Apesar da extensão das premissas, que poderiam ser por si só um trabalho, a obra, por ser inteira, pediria uma conclusão. Assim descrita, a Sociedade deveria trazer consigo a razão de seu movimento.

A lei do escritor, aquilo que faz de alguém realmente um escritor, não temo dizê-lo, tornando-o igual ou talvez até superior ao estadista, é uma decisão qualquer quanto às coisas humanas, uma dedicação absoluta a princípios. Maquiavel[43], Hobbes[44], Bossuet[45], Leibniz,

---

43. Nicolau Maquiavel (1469-1527), historiador, filósofo, dramaturgo e cientista. Fundador da Ciência Política moderna e autor de *O príncipe* (1532, publicação póstuma). (N.T.)

44. Thomas Hobbes (1588-1679), matemático, teórico político e filósofo inglês, autor de *Leviatã* (1651). (N.T.)

45. Jacques-Bénigne Bossuet (1627-1704), bispo e teólogo francês, defensor do absolutismo político e do "poder divino" dos reis. (N.T.)

Kant[46], Montesquieu[47] são a ciência que estadistas aplicam. "Um escritor deve ter na moral e na política opiniões imutáveis, ele deve se olhar como um professor dos homens; pois os homens não precisam de mestres para duvidar", disse Bonald[48]. Tomei em boa hora por regra essas grandes palavras, que são a lei do escritor monarquista tanto quanto do escritor democrático. Também, quando quiserem me opor a mim mesmo, terão mal interpretado alguma ironia ou então virarão contra mim o discurso de um de meus personagens, manobra característica dos caluniadores. Quanto ao sentido íntimo, à alma dessa obra, eis os princípios que lhe servem de base.

O homem não é nem bom nem mau, ele nasce com instintos e aptidões; a Sociedade, longe de depravá-lo, como afirmou Rousseau, aperfeiçoa-o, torna-o melhor; mas o interesse desenvolve então muitas inclinações ruins. O Cristianismo, e sobretudo o Catolicismo, sendo, como eu disse em *O médico rural*[49], um sistema completo de repressão das tendências depravadas do homem, é o maior elemento da Ordem Social.

---

46. Immanuel Kant (1725-1824), filósofo prussiano, um dos pensadores mais influentes do Iluminismo, que provocou grande impacto no romantismo alemão e nas filosofias idealistas do século XIX. (N.T.)

47. Charles de Montesquieu (1689-1755), filósofo iluminista francês, defensor da separação dos três poderes. (N.T.)

48. Visconde Louis de Bonald (1754-1840), filósofo e estadista com grande influência sobre Balzac. (N.T.)

49. Romance que pertence à parte *Cenas da vida rural* de *A comédia humana*. (N.T.)

Lendo atentamente o quadro da Sociedade, moldado, por assim dizer, em seu estado natural, com todo seu bem e toda sua maldade, resulta daí o ensinamento de que, se o pensamento ou a paixão – que inclui por sua vez o pensamento e o sentimento – é o elemento social, é também o elemento destruidor da sociedade. Nisso, a vida social se parece muito com a vida humana. Só se pode dar longevidade aos povos moderando sua ação vital. O ensino, ou melhor, a educação pelos Corpos Religiosos é então o grande princípio de existência para os povos, o único meio de diminuir a quantidade de mal e de aumentar a quantidade de bem em cada Sociedade. O pensamento, princípio dos males e dos bens, só pode ser preparado, subjugado, dirigido por meio da religião. A única religião possível é o Cristianismo (ver a carta escrita de Paris em *Louis Lambert*[50], em que o jovem filósofo místico explica, a respeito da doutrina de Swedenborg, que sempre houve uma única religião desde a origem do mundo). O Cristianismo criou os povos modernos, e ele os conservará. Daí sem dúvida a necessidade do princípio monárquico. O Catolicismo e a Realeza são dois princípios gêmeos. Quanto aos limites impostos a esses dois princípios pelas Instituições a fim de não deixar que eles se desenvolvam absolutamente, todos sentirão que um prefácio, tão sucinto quanto deve ser este, não poderá tornar-se um tratado político. Também não devo entrar nem nas dissensões religiosas nem nas dissensões políticas do momento. Escrevi em louvor de duas Verdades eternas: a Religião, a Monar-

---

50. Romance que pertence à parte "Estudos filosóficos", de *A comédia humana*. (N.T.)

quia, duas necessidades que os fatos contemporâneos proclamam e rumo às quais todo escritor de bom senso deve tentar levar nosso país. Sem ser o inimigo da Eleição, princípio excelente para constituir a lei, rebato a Eleição *tomada como único meio social* e, sobretudo, tão mal-organizada como é hoje, pois não representa imponentes minorias cujas ideias e cujos interesses preocupavam um governo monárquico. A Eleição, estendida a todos, dá-nos o governo pelas massas, o único que não é responsável e no qual a tirania não tem limites pois se chama *lei*. Também vejo a Família e não o Indivíduo como o verdadeiro elemento social. Nessa relação, com o risco de ser visto como um espírito retrógrado, coloco-me do lado de Bossuet e de Bonald, em vez de ir com os inovadores modernos. Como a Eleição se tornou o único meio social, se recorresse a ela por mim mesmo, não se deveria inferir a mínima contradição entre meus atos e meu pensamento[51]. Um engenheiro anuncia que determinada ponte está prestes a desmoronar, que há um perigo real para todos que a atravessam, mas ele mesmo a toma, já que é o único meio de se chegar à cidade. Napoleão havia adaptado a Eleição maravilhosamente bem ao espírito de nosso país. Assim, os deputados mais medíocres de seu Corpo Legislativo foram os mais célebres oradores das Câma-

---

51. Balzac já havia concorrido a deputado por Combrai, Fougères e Tours nas eleições de julho de 1831. No ano seguinte, cogitou candidatar-se em Chinon. Como esse trecho do prefácio dá a entender, faz uma nova e fracassada tentativa ao aceitar ser candidato às eleições legislativas de fevereiro de 1848. (N.T.)

ras durante a Restauração. Nenhuma Câmara valeu o Corpo Legislativo, comparando-os homem a homem. O sistema legislativo eletivo do Império é, portanto, incontestavelmente o melhor.

Certas pessoas poderão encontrar algo de maravilhoso e vantajoso nessa declaração. Recriminarão o romancista que quer ser historiador, pedirão contas de sua política. Obedeço aqui a uma obrigação, eis toda resposta. A obra que comecei terá a extensão de uma história, eu estava devendo uma explicação de sua motivação, ainda escondida, seus princípios e sua moral.

Necessariamente forçado a suprimir os prefácios publicados para responder a críticas essencialmente passageiras, quero apenas conservar uma observação.

Os escritores que têm um objetivo, seja esse um retorno aos princípios que se encontram no passado justamente pelo fato de esses serem eternos, devem sempre preparar o terreno. Aquele que traz sua pedra no campo das ideias, aquele que assinala um abuso, aquele que faz uma marca sobre o mau para que esse seja retirado, esses passam sempre por imorais. A crítica da imoralidade, que nunca falta ao escritor corajoso, é, aliás, a última a ser feita quando não se tem mais nada a dizer a um poeta. Se você é verdadeiro em suas pinturas, se através de trabalhos diurnos e noturnos você consegue escrever na linguagem mais difícil do mundo, jogam-lhe então a palavra imoral na cara. Sócrates foi imoral, Jesus Cristo foi imoral; ambos foram perseguidos em nome de Sociedades que reviraram ou reformaram. Quando se quer matar alguém, taxamo-o de imoral. Essa manobra familiar aos partidos é a vergonha de todos aqueles que a empregam. Lutero[52] e Calvino[53] sabiam muito bem o que estavam fazendo ao se servirem dos feridos interesses materiais como se fossem escudos! Eles também puderam viver até o fim de sua vida.

Copiando toda a Sociedade, captando-a na imensidão de suas agitações, ocorre, ou deveria ocorrer, que uma determinada composição oferecesse mais mal do que bem, que outra parte do afresco representasse um grupo culpado e que a crítica denunciasse a sua imoralidade sem observar a moralidade de uma outra parte, destinada a formar um contraste perfeito. Como a crítica ignorava o plano geral, eu lhe perdoava, tanto mais que não se pode impedir a crítica mais do que não se pode impedir a vista, a linguagem e o julgamento de exercerem-se. Além disso, o tempo da imparcialidade ainda não chegou para mim. Aliás, o autor que não sabe suportar a artilharia da crítica não deve pôr-se a escrever, assim como um viajante não deve se pôr a caminho contando com um céu sempre sereno. Nesse ponto, devo ainda observar que os moralistas mais conscienciosos duvidam muito que a Sociedade possa oferecer tanto boas quanto más ações, e, no quadro que eu faço dela, há mais personagens virtuosos do que repreensíveis. As ações criticáveis, os erros, os

---

52. Martinho Lutero (1483-1546), reformador religioso alemão, um dos fundadores, com Calvino, do protestantismo. Em 1517, ao expor suas 95 teses em que denunciava a venda de indulgências, marca o início da Reforma. (N.T.)

53. João Calvino (1509-1564), reformador religioso francês posterior a Lutero. (N.T.)

crimes, dos mais leves aos mais graves, nela sempre encontram punição humana ou divina, espetacular ou secreta. Fiz mais do que o historiador, sou mais livre. Cromwell[54], enterrado, não teve outro castigo senão aquele imposto pelo pensador[55]. Ainda houve discussão de escola em escola. O próprio Bossuet tratou desse grande regicídio. Guilherme de Orange[56], um usurpador, Hugo Capeto[57], outro usurpador, morrem em idade avançada, sem terem tido mais desconfianças nem temores do que Henrique IV[58] e que Charles I[59]. A vida de Catarina II[60] e a de Louis XVI[61], se observadas,

---

54. Oliver Cromwell (1599-1658), chefe militar da revolução parlamentar contra Charles I. Depois da execução do rei (1649), instaura a República e exerce um governo ditatorial. Faz inúmeras reformas, mas morre impopular. (N.T.)

55. Provavelmente trata-se aqui de David Hume (1711-1776), filósofo e historiador inglês. (N.T.)

56. Guilherme de Orange (1650-1702), rei protestante da Inglaterra e da Escócia depois da Revolução Gloriosa. (N.T.)

57. Hugo Capeto (938-996), rei da França que dá início à dinastia dos Capetianos. (N.T.)

58. Henrique IV (1553-1610), rei da França pertencente à dinastia dos Bourbons. Protestante, converteu-se ao catolicismo para tornar-se rei e assinou o Édito de Nantes, que, concedendo liberdades aos protestantes, terminou com a guerra civil religiosa.

59. Charles I (1600-1685), rei da Grã-Bretanha e da Irlanda. (N.T.)

60. Catarina II (1729-1796), imperatriz russa. (N.T.)

61. Louis XVI (1754-1793), rei da França, deposto pela Revolução Francesa (1789). É guilhotinado depois de uma tentativa de fuga. (N.T.)

deporiam contra toda espécie de moral a julgá-las pelo ponto de vista da moral que rege os homens comuns; pois, para os reis, para os homens de Estado há, como disse Napoleão, uma pequena e uma grande moral. *Cenas da vida política* são baseadas nessa bela reflexão. A história não tem por lei, como o romance, tender ao belo ideal. A história é, ou deveria ser, o que foi; ao passo que *o romance deve ser o mundo melhor*, segundo madame Necker[62], um dos espíritos mais distintos do último século. Mas o romance nada seria se, nessa augusta mentira, não fosse verdadeiro nos detalhes. Obrigado a se conformar às normas sociais de um país essencialmente hipócrita, Walter Scott foi falso, com relação à humanidade e na pintura da mulher, porque seus modelos eram cismáticos. A mulher protestante não tem ideal. Ela pode ser casta, pura, virtuosa; mas seu amor sem expansão será sempre calmo e comportado como um dever cumprido. Parece que a Virgem Maria teria esfriado o coração dos sofistas que a baniram do céu, ela e seus tesouros de misericórdia. No protestantismo, nada mais é possível para a mulher depois do erro; ao passo que na Igreja Católica, a esperança do perdão a torna sublime. Também existe apenas uma só mulher para o escritor protestante, enquanto que o escritor católico encontra uma mulher nova em cada nova situação. Se Walter Scott fosse católico, se tivesse se fixado a tarefa de fazer a descrição verdadeira das diferentes Sociedades que se sucederam na Escócia,

---

62. Mme. Necker (1739-1794), mãe de Mme. de Staël. É nos escritos desta última que provavelmente se inspirou e não nos de sua mãe. (N.T.)

talvez o pintor de Effie e de Alice[63] (as duas figuras que, em sua velhice, censurou-se por ter desenhado) tivesse admitido as paixões com seus erros e seus castigos, com suas virtudes que o arrependimento lhe indica. A paixão é toda a humanidade. Sem ela, a religião, a história, o romance, a arte seriam inúteis.

Ao me ver amontoar tantos fatos e pintá-los como são, com paixão pelo elemento, algumas pessoas imaginaram, sem razão alguma, que eu pertencia à escola sensualista e materialista, duas faces do mesmo fato, o panteísmo. Mas talvez as pessoas pudessem, devessem, enganar-se. Não partilho da crença em um progresso indefinido quanto às Sociedades; acredito no progresso do homem sobre si mesmo. Os que querem ver em mim a intenção de considerar o homem como uma criatura acabada se enganam então redondamente. *Seráfita*[64], a doutrina em ação do Buda cristão, parece-me uma resposta suficiente a essa acusação, que, aliás, foi colocada de maneira bastante leviana.

Em certos fragmentos dessa longa obra, tentei popularizar os fatos surpreendentes, narrei os prodígios da eletricidade que, no homem, metamorfoseia-se em um poder incalculado; mas será que os fenômenos cerebrais e nervosos que demonstram a existência de um novo mundo real incomodariam as relações certas

---

63. Effie Deans e sua irmã Jeanie (ver nota 37) são as protagonistas do romance *The heart of Midlothian*. Alice Brand é personagem do canto IV de *The lady of the lake* [A senhora do lago]. (N.T.)

64. *Seráfita*, romance que integra "Estudos filosóficos", de *A comédia humana*. (N.T.)

e necessárias entre os mundos e Deus? Os dogmas católicos seriam abalados? Se, por fatos incontestáveis, o pensamento for um dia classificado entre os fluidos que apenas se revelam por seus efeitos, e cuja substância escapa aos nossos sentidos ampliados por inúmeros meios mecânicos, este último será como o caráter esférico da terra, observado por Cristóvão Colombo, e como sua rotação, demonstrada por Galileu. Nosso futuro permanecerá o mesmo. O magnetismo animal e seus milagres com os quais me familiarizei desde 1820; as belas pesquisas de Gall[65], o continuador de Lavater[66]; todos aqueles que, há cinquenta anos, trabalharam o pensamento como os ópticos trabalharam a luz, duas coisas quase idênticas, concluem tanto em favor dos místicos, aqueles discípulos do apóstolo São João, como em favor dos grandes pensadores, que estabeleceram o mundo espiritual, aquela esfera em que se revelam as relações entre o homem e Deus.

Se o sentido dessa composição for corretamente entendido, reconhecerão que concedo aos fatos constantes, cotidianos, secretos ou evidentes, aos atos da vida individual, às causas e aos princípios dessa tanta importância quanto os historiadores deram até então aos acontecimentos da vida pública das nações. A des-

---

65. Franz Joseph Gall (1758-1828), anatomista e fisiologista alemão, fundador da frenologia. (N.T.)

66. Johan Kaspar Lavater (1741-1801), escritor, filósofo, poeta e teólogo suíço, entusiasta do magnetismo animal. Criador da fisiognomia, ciência que ensina a conhecer a relação entre exterior e interior que tanto influenciou Balzac em obras como *Fisiologia do casamento* (1839). (N.T.)

conhecida batalha travada entre a sra. de Mortsauf[67] e a paixão, em um vale de Indre, também é tão grande talvez quanto a mais ilustre das batalhas conhecidas (*O lírio do vale*[68]). Nesta última, a glória de um conquistador está em jogo; na outra, o céu. Os infortúnios dos *Birotteau*, o padre[69] e o perfumista[70], são, para mim, os da humanidade inteira. A Fosseuse[71] (*O médico rural*[72]) e a sra. Graslin (*O cura da aldeia*[73]) são praticamente todas as mulheres. Sofremos todos os dias assim. Tive de fazer cem vezes o que Richardson fez apenas uma. Lovelace tem mil formas, pois a corrupção social toma as cores de todos os meios em que se desenvolve. Ao contrário, *Clarissa*, essa bela imagem da virtude apaixonada, tem linhas de uma pureza desesperadora.

---

67. Condessa de Mortsauf, personagem de *A comédia humana*. Além de *O lírio do vale*, aparece em *Ilusões perdidas, César Birotteau, O primo Pons*. (N.T.)

68. *O lírio do vale*, romance que integra *Cenas da vida rural*, de *A comédia humana*. (N.T.)

69. Trata-se do abade François Birotteau, personagem de *A comédia humana* (*O cura de Tours, César Birotteau, O lírio do vale*). (N.T.)

70. Trata-se de César Birotteau, personagem de *A comédia humana* (*César Birotteau, O avesso da história contemporânea, Ao "Chat-qui-pelotte", Os pequenos burgueses*). (N.T.)

71. La Fosseuse, personagem de *A comédia humana* (*O médico rural*), órfã pobre, frágil e sonhadora, é assim chamada por ser filha de um cavador de fossas (*fossoyeur*). (N.T.)

72. *O médico rural*, romance que integra *Cenas da vida rural* de *A comédia humana*. (N.T.)

73. *O cura da aldeia*, romance que integra *Cenas da vida rural* de *A comédia humana*. (N.T.)

Para criar muitas virgens, é preciso ser Raffaello[74]. A literatura está talvez, nesse ponto, acima da pintura. Também pode ser-me permitido lembrar que existem figuras irrepreensíveis (na virtude) nas porções publicadas dessa obra: Pierrette Lorrain[75], Ursule Mirouët[76], Constance Birotteau[77], La Fosseuse, Eugénie Grandet[78], Marguerite Claës[79], Pauline Villenonoix[80], a sra. Jules[81], a sra. de la Chanterie[82], Ève Chardon[83], srta.

---

74. Raffaello (1483-1520), pintor, escultor, desenhista e arquiteto renascentista italiano. (N.T.)

75. Pierrette Lorrain, personagem de *A comédia humana* (*Os celibatários: Pierrette*). (N.T.)

76. Ursule Mirouët, personagem de *A comédia humana* (*Ursule Mirouët*). (N.T.)

77. Sra. Constance Birotteau, personagem de *A comédia humana* (*César Birotteau, Ao "Chat-qui-pelotte"*). (N.T.)

78. Eugénie Grandet, personagem de *A comédia humana* (*Eugénie Grandet*). (N.T.)

79. Marguerite Claës, personagem de *A comédia humana* (*A busca do absoluto*). (N.T.)

80. Pauline Salomon de Villenonoix, personagem de *A comédia humana* (*Louis Lambert, O cura de Tours*). (N.T.)

81. Sra. Jules, personagem de *A comédia humana* (*Ilusões perdidas*). (N.T.)

82. Sra. Henriette Lechantre de la Chanterie, futura baronesa Bryond des Tours-Minières, personagem de *A comédia humana* (*O inverso da história contemporânea*). (N.T.)

83. Ève Chardon, futura sra. Séchard, personagem de *A comédia humana* (*Ilusões perdidas, Esplendores e misérias das cortesãs*). (N.T.)

d'Esgrignon[84], sra. Firmiani[85], Agathe Rouget[86], Renée de Maucombe[87]; enfim, muitas figuras do segundo plano que, por estarem menos em relevo do que essas, não oferecem menos ao leitor a prática das virtudes domésticas. Joseph Lebas[88], Genestas[89], Benassis[90], o cura Bonnet[91], o médico Minoret[92], Pillerault[93], David Séchard[94], os dois Birotteau, o cura

---

84. Srta. Marie-Armande-Claire d'Esgrignon, personagem de *A comédia humana* (*O gabinete das antiguidades*, *A solteirona*). (N.T.)

85. Sra. Firmiani, personagem de *A comédia humana* (*Madame Firmiani*, *Os segredos da princesa de Cadignan*, *Ilusões perdidas*, *O baile de Sceaux*). (N.T.)

86. Agathe Rouget, futura sra. Bridau, personagem de *A comédia humana* (*Um aconchego de solteirão*). (N.T.)

87. Condessa Renée de Maucombe, personagem de *A comédia humana* (*Memórias de duas jovens esposas*). (N.T.)

88. Joseph Lebas, personagem de *A comédia humana* (*Ao "Chat-qui-pelotte"*, *César Birotteau*). (N.T.)

89. Pierre-Joseph, Judith e Adrien Genestas, personagens de *A comédia humana*. (N.T.)

90. Doutor Benassis, personagem de *A comédia humana* (*O médico rural*). (N.T.)

91. Cura Bonnet, personagem de *A comédia humana* (*O cura da aldeia*). (N.T.)

92. Doutor Denis Minoret, personagem de *A comédia humana* (*Adam-le-chercheur*, *Ursule Mirouët*). (N.T.)

93. Claude-Joseph Pillerault, personagem de *A comédia humana* (*O primo Pons*, *César Birotteau*). (N.T.)

94. David Séchard, personagem de *A comédia humana* (*Ilusões perdidas*). (N.T.)

Chaperon[95], o juiz Popinot[96], Bourgeat[97], os Sauviat[98], os Tascheron[99] e muitos outros não resolvem o problema literário que consiste em tornar interessante um personagem virtuoso?

Não é uma tarefa pequena pintar as duas ou três mil figuras salientes de uma época, pois essa é, em definitivo, a soma dos tipos que cada geração apresenta e que *A comédia humana* comportará. Esse número de figuras, de caracteres, essa grande quantidade de existências exigia quadros e, perdoem-me essa expressão, galerias. A partir daí, as divisões tão naturais já conhecidas de minha obra em *Cenas da vida privada, provinciana, parisiense, política, militar* e *rural*. Nesses seis livros estão classificados todos os *Estudos de costumes* que formam a história geral da Sociedade, a coleção de todos seus fatos e gestos, como teriam dito nossos ancestrais. Esses seis livros correspondem, aliás, a ideias genéricas. Cada um deles tem seu sentido, seu significado e formula uma época da vida humana. Repetirei aqui, mas de forma sucinta, o que escreveu, depois de

---

95. Cura Jean Chaperon, personagem de *A comédia humana* (*Ursule Mirouët*). (N.T.)

96. Juiz Jean-Jules Popinot, personagem de *A comédia humana* (*A interdição, César Birotteau, O inverso da história contemporânea*). (N.T.)

97. Bourgeat, personagem de *A comédia humana* (*A missa do ateu*). (N.T.)

98. Sr. e sra. Sauviat, personagens de *A comédia humana* (*O cura da aldeia*). (N.T.)

99. Sr. e sra. Tascheron e Jean-François Tascheron, personagens de *A comédia humana* (*O cura da aldeia*). (N.T.)

ter se informado de meu plano, Félix Davin[100], jovem talentoso cuja vida foi arrancada das letras por uma morte prematura. *Cenas da vida privada* representa a infância, a adolescência e seus erros, como *Cenas da vida provinciana* representa a idade das paixões, dos cálculos, dos interesses e da ambição. A seguir, *Cenas da vida parisiense* oferece o quadro dos gostos, dos vícios e de todas as coisas desenfreadas que excitam os costumes particulares das capitais onde se encontram simultaneamente o bem extremo e o mal extremo. Cada uma dessas três partes tem sua cor local: Paris e a província. Não apenas os homens, mas ainda os principais fatos da vida se formulam através dos tipos. Há situações que se representam em todas as existências, frases típicas, e essa é uma das precisões que eu mais busquei. Procurei dar uma ideia das diferentes regiões de nosso belo país. Minha obra tem sua geografia como tem sua genealogia e suas famílias, seus lugares e suas coisas, suas pessoas e seus fatos; como seus armoriais, seus nobres e seus burgueses, seus artesões e seus camponeses, seus políticos e seus janotas, suas forças armadas, enfim, todo seu mundo!

Depois de ter pintado nesses três livros a vida social, restaria mostrar as existências de exceção que resumem os interesses de vários ou de todos que estão de alguma forma fora da lei comum: daí *Cenas da vida política*. Estando essa vasta pintura da Sociedade finalizada e acabada, não seria preciso mostrá-la em seu estado mais violento, para além de seu âmbito, seja na defesa, seja na

---

100. Félix Davin (1807-1836), jornalista, poeta e romancista. (N.T.)

conquista? Daí *Cenas da vida militar*, a porção que ainda está menos completa de minha obra, mas cujo lugar ficará reservado nessa edição, a fim de que faça parte dela quando eu a tiver terminado. Enfim, *Cenas da vida rural* é de certa forma a noite dessa longa jornada, se assim posso chamar o drama social. Nesse livro, encontram-se os mais puros caracteres e a aplicação dos grandes princípios de ordem, política e moralidade.

Essa é a base repleta de figuras, repleta de comédias e de tragédias sobre a qual se elevam *Estudos filosóficos*, segunda parte da obra, onde o meio social de todos os efeitos se encontram demonstrados, onde os danos do pensamento estão pintados, sentimento por sentimento, e cuja primeira obra, *A pele de onagro*, liga de certa forma *Estudos de costumes* a *Estudos filosóficos* pelo elo de uma fantasia quase oriental em que a própria Vida é pintada em luta com o Desejo, princípio de toda paixão.

Acima se encontram *Estudos analíticos*, sobre os quais nada direi, pois apenas um foi publicado, *Fisiologia do casamento*. Daqui a algum tempo, devo publicar duas outras obras do mesmo gênero. Primeiro, *Patologia da vida social*, depois, *Anatomia dos corpos docentes* e *Monografia da virtude*[101].

Ao ver tudo o que resta fazer, talvez se dirá de mim o que disseram meus editores: "Que Deus lhe conceda a vida!". Desejo apenas não ser tão atormentado pelos homens e pelas coisas como sou desde que comecei este trabalho assustador. Tive a sorte, pela qual agradeço a Deus, de ter os maiores talentos desta época, os mais

---

101. Balzac, que morreu em 1850, não teve tempo de concretizar o projeto. (N.T.)

belos caracteres, amigos sinceros, tão grandes na vida privada quanto são na vida pública, que apertaram minha mão dizendo-me: "Coragem!". E por que não confessaria que essas amizades, assim como alguns testemunhos dados aqui e ali por desconhecidos, apoiaram-me na carreira tanto contra mim mesmo como contra ataques injustos, contra a calúnia que tanto me perseguiu, contra o desencorajamento e contra essa esperança tão viva cujas palavras são tomadas por um amor-próprio excessivo? Havia resolvido opor uma impassibilidade estóica aos ataques e às injúrias; mas, em duas ocasiões, calúnias covardes tornaram a defesa necessária. Se os partidários do perdão das injúrias lamentam que eu tenha mostrado meu saber em uma esgrima literária, diversos cristãos pensam que vivemos em um tempo em que é bom mostrar que o silêncio tem sua generosidade.

Quanto a isso, devo observar que apenas reconheço por minhas as obras que carregam meu nome. Além de *A comédia humana*, são meus apenas os *Cent contes drolatiques* [*Cem contos jocosos*], duas peças de teatro e artigos isolados que aliás estão assinados[102]. Uso aqui de um direito incontestável. Mas esse desmentido, mesmo que alcançasse as obras com as quais colaborei, vem menos do amor-próprio do que da verdade. Se persistirem em atribuir-me livros que, literalmente falando, não reconheço, mas cuja propriedade me foi atribuída, deixarei falarem pela mesma razão que eu deixo o campo livre às calúnias.

---

102. Balzac se recusa assim a reconhecer como seus os romances de juventude assinados lorde R'hoone ou Horace de Saint-Aubin, assim como seus ensaios dramáticos. (N.T.)

A imensidade de um plano que inclui simultaneamente a história e a crítica da Sociedade, a análise de seus males e a discussão de seus princípios, autoriza-me, creio, a dar a minha obra o título sob o qual ela é hoje publicada: *A comédia humana*. Será ambicioso? Ou apenas justo? É isso que, terminada a obra, o público decidirá.

*Balzac*
*Paris, julho de 1842*[103]

---

103. Este texto foi escrito por ocasião da publicação das obras completas de Balzac pelos editores Furne, Paulin, Dudonet e Hetzel, contratada em 1841. Primeiro pediu-se ao escritor Charles Nadier que escrevesse o prefácio, mas este recusou. Os editores pediram então a Hyppolyte Rolle, cujo nome Balzac não aprovou. Balzac fez só em 1842 o convite à escritora e amiga George Sand, que aceitou. Mas ela ficou doente e não cumpriu o prazo de entrega do texto. Instado por Hetzel – e, desconfiam os especialistas, até mesmo auxiliado por ele –, Balzac então escreveu este texto, cuja redação foi-lhe penosa, conforme atestam cartas à madame Hanska. Quando o texto foi enfim entregue aos assinantes de *A comédia humana*, já fazia mais de um mês que a publicação do primeiro volume da mesma ocorrera. (N.E.)

# Estudo de mulher

Dedicado ao marquês Jean-Charles di Negro

A marquesa de Listomère[1] é uma dessas jovens educadas no espírito da Restauração.[2] Tem princípios, faz jejum, comunga e se arruma bem para ir ao baile, aos Bouffons e à Ópera; seu diretor espiritual lhe permite aliar o profano ao sagrado. Sempre de acordo com a Igreja e o mundo, oferece uma imagem do tempo presente que parece ter adotado a palavra *Legalidade* como epígrafe. O comportamento da marquesa comporta precisamente tanta devoção para poder chegar, se surgir uma nova Maintenon[3], à sombria religiosidade dos últimos dias de Louis XIV, e tanto mundanismo para adotar igualmente os costumes galantes dos primeiros dias desse reinado, se eles retornarem. No presente momento, ela é virtuosa por cálculo, ou quem sabe até por gosto. Casada há sete anos com o marquês de Listomère[4], um desses deputados que aguardam a elevação

---

1. A marquesa de Listomère é personagem fictício de vários romances de *A comédia humana*, inclusive *Ilusões perdidas*. (N.T.)

2. Restauração da monarquia: período que se segue à queda de Napoleão em 1815 e que se inicia com o retorno dos Bourbon ao trono da França, com Louis XVIII. Vai até 1830, com a liberalização de Louis-Philippe I. (N.E.)

3. Madame de Maintenon (1635-1719), amante e depois esposa de Louis XIV, católica fervorosa, ficou conhecida pela severidade de costumes que impôs à corte. (N.T.)

4. Personagem fictício de *A comédia humana*. Político, aparece também em *O lírio do vale* e *Ilusões perdidas*. (N.E.)

a par do reino, ela crê talvez com sua conduta servir também à ambição de sua família. Algumas mulheres esperam para julgá-la no momento em que o senhor de Listomère for feito par de França, e quando ela tiver 36 anos, época da vida em que a maior parte das mulheres se apercebe de que são vítimas das leis sociais. O marquês é um homem deveras insignificante: tem bom conceito na corte, suas qualidades são negativas como seus defeitos; aquelas não são capazes de lhe granjear uma reputação de virtude e estes não lhe proporcionam aquela espécie de brilhantismo projetado pelos vícios. Deputado, jamais se pronuncia, mas vota *bem*; comporta-se no lar do mesmo modo que na Câmara. Por causa disso é considerado o melhor marido da França. Se ele não tem a capacidade de se exaltar, por outro lado jamais resmunga, a não ser que o façam esperar. Seus amigos o apelidaram de *tempo fechado*. De fato não se encontra nele nem a luz demasiadamente viva nem a obscuridade completa. Ele se parece com todos os ministérios que se têm sucedido na França depois da Carta.[5] Para uma mulher de princípios, seria difícil cair em melhores mãos. Já não é bom demais para uma mulher virtuosa haver desposado um homem incapaz

---

5. Após a derrota de Napoleão na Rússia e da tomada de Paris pelos aliados (Reino Unido, Rússia, Prússia e Áustria), em 31 de março de 1814, e após a assinatura do Tratado de Fontainebleau, em 11 de abril (a partir daí Napoleão seria exilado na ilha de Elba, até fevereiro de 1815), Louis XVIII promulgou a Carta Constitucional, que fora imposta pelas nações aliadas como condição para a restauração do regime monarquista na França. Entre outros pontos, a carta instituía que o poder legislativo seria desempenhado por duas assembleias. (N.E.)

de fazer besteiras? Houve casos de dândis que tiveram a impertinência de pressionar ligeiramente a mão da marquesa ao dançar com ela, mas não recolheram senão olhares de desprezo, e todos experimentaram essa indiferença insultante que, à semelhança das geadas da primavera, destrói o germe das mais belas esperanças. Os bonitões, os espirituosos, os vazios, os sentimentais que se exibem ao empunhar suas bengalas, os que ostentam um nome ou os que adquiriram renome, as pessoas do alto ou do pequeno escalão, todos, ao pé dela, empalideceram. Ela conquistou o direito de conversar por tanto tempo, ou com a frequência que queira, com os homens que lhe pareçam espirituosos, sem por isso ser inscrita no álbum da maledicência. Algumas mulheres vaidosas são capazes de seguir um plano como esse durante sete anos, para mais tarde satisfazer suas fantasias; mas atribuir essa premeditação à marquesa de Listomère seria caluniá-la. Tive a felicidade de contemplar essa fênix entre as marquesas; ela conversa bem, eu sei escutar, agradei-lhe, vou às suas noitadas. Esse era o objetivo de minha ambição. Nem feia nem bonita, madame de Listomère tem dentes brancos, tez brilhante e lábios muito vermelhos; alta e bem-feita, tem pés pequenos, frágeis, que nunca exibe; seus olhos, longe de serem mortiços como são quase todos os olhos parisienses, têm um brilho doce que se torna mágico se por acaso ela se anima. Adivinha-se uma alma através dessa forma indecisa. Se ela se interessa pela conversação, põe nisso uma graça velada pelo cuidado de ostentar uma postura fria e torna-se, então, encantadora. Não busca o sucesso e o consegue. Sempre encontramos o que não procuramos. Essa frase é com tanta frequência verdadeira que um dia há de se converter em provérbio. Ela será a moral desta aventura, que não me permitiria contar se não ecoasse neste momento em todos os salões de Paris.

A marquesa de Listomère dançou, há cerca de um mês, com um rapaz tão modesto quanto irresponsável, cheio de boas qualidades mas que deixa ver apenas seus defeitos; ele é passional e debocha das paixões; tem talento e o esconde; banca o sábio na companhia dos aristocratas e o aristocrata quando na companhia dos sábios. Eugène de Rastignac[6] é um desses jovens inquietos que tudo experimentam e que parecem apalpar os homens para saber o que pode trazer o futuro. À espera da idade da ambição, faz pouco caso de tudo, tem graça e originalidade, duas qualidades raras, já que uma exclui a outra. Sem premeditação fez sucesso junto à marquesa de Listomère durante cerca de meia hora. Entregando-se aos caprichos de uma conversação que, após ter começado pela ópera *Guilherme Tell*, estendeu-se ao dever das mulheres, tinha mais de uma vez olhado a marquesa de maneira a embaraçá-la; depois a deixou e não mais lhe falou durante toda a noite; foi dançar, meteu-se no jogo de cartas, perdeu um pouco de dinheiro e foi dormir. Dou minha palavra de honra de que tudo se passou assim. Não acrescento nem omito nada.

---

6. Eugène de Rastignac é um dos mais famosos personagens de *A comédia humana*. Sua tomada de consciência quanto à hipocrisia social e ao jogo de interesses que impera na sociedade parisiense está em *O pai Goriot*, do qual é um dos personagens principais e o único que permanece solidário até o fim com Goriot. (N.E.)

No outro dia de manhã, Rastignac acordou tarde, permaneceu no leito, onde sem dúvida se entregou a alguns desses devaneios matinais durante os quais um homem desliza como um silfo para debaixo de mais de uma cortina de seda, de casimira ou de algodão. Nesses momentos, quanto mais está o corpo pesado de sono, mais ágil é o espírito. Por fim Rastignac levantou-se, sem bocejar em demasia como costuma fazer tanta gente sem educação, soou a campainha para chamar seu criado de quarto, ordenou que preparasse o chá e o bebeu imoderadamente, o que não parecerá nada de extraordinário às pessoas que amam o chá; mas para explicar essa circunstância aos que só o admitem como panaceia para as indigestões, acrescentarei que Eugène escrevia: ele estava comodamente sentado e mantinha os pés com mais frequência sobre as barras da lareira do que no seu abrigo de peles. Ah! Colocar alguém os pés sobre a barra polida que une os dois suportes de um borralho e pensar nos seus amores no momento em que se acabou de levantar e se está de roupão é uma coisa tão deliciosa que lamento ao infinito não ter nem amante, nem chinelos forrados e nem roupão. O dia em que dispuser disso tudo, não me ocuparei em relatar minhas observações, mas sim em desfrutar dessas coisas.

A primeira carta que Eugène escreveu foi concluída em um quarto de hora; ele a dobrou, fechou e deixou diante de si, sem endereçá-la. A segunda carta, iniciada às onze horas, só foi concluída ao meio-dia. As quatro páginas ficaram repletas.

– Essa mulher mexe com a minha cabeça – disse, enquanto dobrava a segunda missiva, que deixou diante de si, esperando para colocar o endereço após haver terminado seu devaneio involuntário. Cruzou os dois panos do roupão floreado, pousou os pés sobre um tamborete, enfiou as mãos nos bolsos da calça de casimira vermelha e esticou-se numa deliciosa poltrona de orelhas, em que o assento e o encosto formavam um confortável ângulo de 120 graus. Parou de tomar chá e quedou-se imóvel, os olhos grudados na mão dourada que recobria sua pá, sem ver mão, pá ou dourado. Sequer atiçou o fogo. Um erro enorme! Não será um prazer bem vívido atiçar o fogo quando se pensa nas mulheres? Nosso espírito empresta frases às pequenas línguas azuis que de repente se destacam e balbuciam na lareira. É preciso saber interpretar a linguagem poderosa e brusca de um *bourguignon*.

Detenhamo-nos nessa palavra e dediquemos a quem a desconhece uma explicação devida a um etimologista muito considerado que desejou preservar o anonimato. *Bourguignon* é o nome popular e simbólico dado, após o reinado de Charles VI, a essas explosões barulhentas cujo resultado é o de lançar sobre um tapete ou sobre um vestido uma pequena brasa, ligeiro princípio de incêndio. O fogo libera, comenta-se, uma bolha de ar que um verme roedor deixou no miolo da madeira. *Inde amor, inde burgundus.*[7] Não há quem não trema ao ver rolar como uma avalanche o carvão que se tentou tão cuidadosamente empilhar entre duas achas flamejantes. Ah! atiçar o fogo quando se ama não é o mesmo que desenvolver materialmente o próprio pensamento?

Foi nesse momento que entrei nos aposentos de Eugène; ele sobressaltou-se e disse:

---

7. Em latim: "Donde sai o amor, daí sai o *bourguignon*". (N.T.)

– Ah, você está aí, meu caro Horácio. Há quanto tempo?

– Acabo de chegar.

– Ah!

Pegou as duas cartas, colocou os endereços e tocou a sineta chamando o criado.

– Leve isso na cidade.

E Joseph se foi sem fazer nenhum comentário; excelente criado!

Nós nos pusemos a conversar sobre a expedição militar à Moreia, na qual eu desejava um lugar na condição de médico. Eugène me fez observar que eu perderia muito deixando Paris; e falamos de coisas sem importância. Não creio que irão me considerar de má vontade por suprimir a nossa conversação .................
...........................................................................................

No momento em que a marquesa de Listomère se levantou, por volta de duas horas da tarde, sua criada de quarto, Caroline, entregou-lhe uma carta; ela a leu enquanto Caroline a penteava (imprudência que muitas mulheres jovens cometem).

"Oh querido anjo de amor, tesouro de vida e de felicidade!" A essas palavras, a marquesa se dispôs a jogar a carta no fogo; mas lhe passou pela cabeça uma fantasia que toda mulher virtuosa compreenderá maravilhosamente, que era a de ver como um homem que começava assim iria terminar. Leu. Quando virou a quarta página, deixou tombar os braços como uma pessoa fatigada.

– Caroline, vá saber quem entregou esta carta aqui em casa.

— Madame, eu a recebi do criado de quarto do senhor barão de Rastignac.

Fez-se um longo silêncio.

— A madame não vai se vestir? — perguntou Caroline.

— Não.

"Como é impertinente!" pensou a marquesa .......
..................................................................................

Peço a todas as mulheres que imaginem por si mesmas o comentário.

Madame de Listomère concluiu o seu com a resolução formal de proibir a entrada do senhor Eugène em sua casa e, se o encontrasse lá fora, de lhe testemunhar mais do que desdém; porque sua insolência não tinha comparação com qualquer outra das que a marquesa tinha terminado por desculpar. Ela quis de início guardar a carta; mas, depois de muito refletir, a queimou.

— A madame acaba de receber uma impetuosa declaração de amor e ela a leu! — disse Caroline à arrumadeira.

— Eu jamais teria esperado uma coisa dessas por parte dela — respondeu a velhota muito espantada.

À noite, a marquesa foi visitar o marquês de Beauséant[8], em cuja casa devia provavelmente encontrar Rastignac. Era um sábado. Sendo o marquês de Beauséant parente distante do senhor Rastignac, não poderia o jovem deixar de comparecer à noitada. Às duas horas da manhã, madame de Listomère, que ali

---

8. Personagem fictício de *A comédia humana*, que aparece também em *O pai Goriot* e *Um episódio do Terror*. (N.E.)

permaneceu apenas para esmagar Eugène com sua frieza, esperava por ele em vão. Um homem de espírito, Stendhal[9], teve a ideia bizarra de chamar de *cristalização* o trabalho que o pensamento da marquesa fez antes, durante e após essa noitada.

Quatro dias mais tarde, Eugène ralhava com seu criado de quarto.

– Ah, Joseph, vou ser obrigado a mandar você embora, meu rapaz.

– Mas o que foi, senhor?

– Você só faz besteiras. Onde levou as duas cartas que entreguei a você sexta-feira?

Joseph ficou atarantado. À semelhança de qualquer estátua de pórtico de catedral, permaneceu imóvel, inteiramente absorvido pelo trabalho de raciocinar. De repente sorriu estupidamente e disse:

– Senhor, uma era para a marquesa de Listomère, na Rue Saint-Dominique, e a outra para o advogado do senhor...

– Tem certeza do que está dizendo?

Joseph ficou todo embaraçado. Vi logo que era preciso que eu me metesse, eu que, por acaso, mais uma vez estava lá.

– Joseph tem razão – eu disse, e Eugène voltou-se para mim. – Li os endereços sem querer e....

---

9. Stendhal, cujo nome de batismo era Henri Beyle (1783-1842). Em sua obra *Do amor*, de 1822 (que muito influenciou a *Fisiologia do casamento*, de Balzac), ele discorre sobre as várias maneiras de o amor acontecer, uma das quais é a cristalização. (N.E.)

— E — disse Eugène me interrompendo — uma das cartas não era para madame de Nucingen[10]?

— Não, de jeito nenhum! Eu também acreditei, meu caro, que teu coração havia dado um pulo da Rue Saint-Lazare para a Rue Saint-Dominique.

Eugène deu um tapa na testa e não pôde deixar de sorrir. Joseph viu logo que a culpa não era sua.

Neste momento, enunciaremos aqui as moralidades sobre as quais todos os jovens devem meditar. *Primeiro erro*: Eugène achou que seria engraçado fazer madame de Listomère rir do engano que a havia tornado dona de uma carta de amor que não era para ela. *Segundo erro*: ele só foi à casa de madame de Listomère quatro dias após o acontecido, deixando assim os pensamentos de uma virtuosa dama se cristalizarem. Haveria ainda uma dúzia de erros sobre os quais é melhor calar, a fim de dar às damas o prazer de deduzi-los *ex professo*[11] aqueles que não os adivinharem. Eugène chega à porta da marquesa; mas quando quer entrar, o porteiro o detém e lhe diz que a senhora marquesa saiu. No momento em que vai subir na viatura, o marquês chega.

— Vamos entrar, Eugène, minha mulher está em casa.

Ah, desculpem o marquês. Um marido, por melhor que seja, dificilmente atinge a perfeição. Ao subir a escadaria, Rastignac se deu conta dos dez erros de

---

10. Uma das principais personagens femininas de *A comédia humana*, madame de Nucingen, nascida em 1792, é filha do célebre Pai Goriot e aparece em *César Birotteau* e *Ilusões perdidas*, entre outros. (N.E.)

11. Expressão latina: "com pleno domínio do assunto". (N.T.)

lógica mundana que se inscreviam nessa passagem do belo livro de sua vida. Quando madame de Listomère viu o marido entrar com Eugène, não pôde impedir-se de enrubescer. O jovem barão notou esse rubor súbito. Se o mais modesto dos homens conserva ainda um pequeno resíduo de fatuidade, do qual não se despe do mesmo modo que a mulher não se separa de sua fatal vaidade, quem poderia culpar Eugène de ter então dito a si mesmo: "O quê? Ainda toda essa resistência?". E empertigou-se por trás de sua gravata. Ainda que os jovens não sejam muito avaros, todos eles gostam de acrescentar mais uma medalha à sua coleção de conquistas.

O senhor de Listomère pegou a *Gazeta da França*, que percebeu num canto da lareira, e dirigiu-se para o vão de uma janela para adquirir, com a ajuda do jornalista, uma opinião própria sobre a situação da França. Uma mulher, até mesmo uma pudica, não permanece embaraçada por muito tempo, mesmo na situação mais difícil em que possa se encontrar: ela sempre parece ter à mão a folha de figueira que lhe deu nossa mãe Eva. Assim, quando Eugène, interpretando em favor de sua vaidade as ordens dadas ao porteiro, saudou madame de Listomère com um ar passavelmente deliberado, ela soube disfarçar todos os seus pensamentos com um desses sorrisos femininos mais impenetráveis do que a palavra de um rei.

— Estará madame indisposta? A senhora interditou a sua porta.

— Não, senhor.

— Talvez fosse sair?

— De jeito nenhum.

– Esperava alguém?
– Ninguém.
– Se minha visita é inoportuna, a culpa é apenas do senhor marquês. Eu já obedecia à sua ordem misteriosa, quando ele me introduziu no santuário.
– Nada falei ao senhor de Listomère. Nem sempre é prudente pôr um marido a par de certos segredos...

O jeito firme e doce com que a marquesa pronunciou essas palavras e o olhar altivo que ela lançou fizeram ver a Rastignac que ele se apressara ao se julgar dono da situação.

– Madame, eu a compreendo bem – ele disse rindo. – Devo me felicitar duplamente de haver encontrado com o senhor marquês, ele me proporciona a ocasião de lhe apresentar uma justificação que estaria repleta de perigos se a senhora não fosse a bondade em pessoa.

A marquesa olhou o jovem barão com ar de espanto; mas respondeu com dignidade:

– Senhor, o silêncio será de sua parte a melhor das desculpas. Quanto a mim, eu lhe prometo o mais completo esquecimento, perdão que o senhor mal merece.

– Madame – disse Eugène vivamente –, o perdão é inútil quando não houve ofensa. A carta – acrescentou em voz baixa – que a senhora recebeu e que lhe pareceu tão inconveniente não lhe era destinada.

A marquesa não pôde se impedir de sorrir, ela desejava ter sido ofendida.

– Por que mentir? – replicou com ar desdenhoso, mas dotado de um tom de voz muito doce. – Agora que lhe repreendi, poderei rir de boa vontade de um estratagema que não é isento de malícia. Conheço as pobres mulheres que se deixam enredar neles: "Deus, como ele ama!", elas diriam.

A marquesa fingiu rir e acrescentou, com ar indulgente:

– Se vamos continuar amigos, que não invente mais histórias em que eu possa bancar a tola.

– Dou-lhe minha palavra de honra, madame, de que está sendo mais do que imagina – replicou vivamente Eugène.

– Mas de que é que vocês tanto falam? – perguntou o senhor de Listomère, que havia algum tempo escutava a conversa sem poder penetrar em sua obscuridade.

– Ah, não é nada que possa lhe interessar – respondeu a marquesa.

O senhor de Listomère retomou tranquilamente a leitura do seu jornal e disse:

– Ah, madame de Mortsauf[12] morreu; seu pobre irmão sem dúvida está em Clochegourde.

– Sabe, senhor – continuou a marquesa voltando-se para Eugène –, que acaba de me dizer uma impertinência?

– Se eu não conhecesse o rigor de seus princípios – respondeu ele ingenuamente –, acreditaria que a senhora desejaria me atribuir ideias das quais me defendo; ou arrancar meu segredo. Talvez a senhora queira rir de mim.

A marquesa sorriu. Esse sorriso impacientou Eugène.

– Pode ser, madame, que a senhora continue a

---

12. Protagonista de um dos principais romances de *A comédia humana*, *O lírio do vale*, no qual vive uma tortuosa história de amor com o jovem Félix de Vandenesse. (N.E.)

acreditar numa ofensa que de jeito nenhum cometi! Desejo de todo coração que o acaso não a faça descobrir neste mundo a pessoa que deveria ler aquela carta...

– O quê! Seria ela então dirigida como sempre à madame de Nucingen? – exclamou a senhora de Listomère, mais interessada em descobrir o segredo de um homem do que em se vingar da mordacidade do rapaz.

Eugène enrubesceu. É preciso ter mais de 25 anos para não corar quando se é surpreendido reprovando a estupidez de uma fidelidade que as mulheres ridicularizam para não demonstrarem o quanto a invejam. Não obstante, ele disse com sangue-frio:

– E por que não, madame?

Eis os erros que se cometem aos 25 anos. Essa confidência causou uma comoção violenta em madame de Listomère, mas Eugène não sabia ainda analisar um rosto de mulher ao olhá-lo apressadamente ou de soslaio. Só os lábios da marquesa haviam perdido a cor. Madame de Listomère soou a campainha para pedir lenha e assim constrangeu Rastignac a se levantar para sair.

– Se for assim – disse então a marquesa, detendo Eugène com um ar frio e formal –, lhe será difícil, senhor, me explicar em que circunstâncias meu nome foi parar sob a sua pluma. Não se escreve um endereço numa carta do mesmo modo que se pode, por engano, pegar o carnê de outra pessoa pensando que é o seu na saída do baile.

Eugène olhou desconcertado a marquesa com um ar ao mesmo tempo estúpido e vazio, sentiu que se tornava ridículo, balbuciou uma frase de escolar e saiu. Alguns dias depois, a marquesa colheu provas irrecusáveis da veracidade do que Eugène dissera. Faz dezesseis dias que ela não aparece em sociedade.

O marquês diz a todos que lhe perguntam o motivo dessa mudança:

– Minha mulher tem uma gastrite.

Mas como alguém que a está tratando e conhece seu segredo, sei que ela tem somente uma pequena crise nervosa, da qual se aproveita para ficar em casa.

Paris, fevereiro de 1830

# Outro Estudo de Mulher

A Leon Gozlan, como testemunho
de boa fraternidade literária

Em Paris, quase sempre os bailes ou *routs*[1] se dividem em dois saraus. O primeiro deles é a noitada oficial com a participação dos convidados, uma elite que se entedia. Cada um se exibe para o vizinho. A maior parte das moças comparece apenas por causa de uma pessoa. Depois que cada mulher se assegurou de que é a mais bela para essa determinada pessoa e de que essa opinião pode ser compartilhada por algumas outras, depois da troca de frases insignificantes do tipo "Você pretende ir cedo a Crampade?[2]", "A senhora Portenduère cantou bem!", "Quem é aquela mulherzinha com tantos diamantes?" ou após ter lançado frases mordazes que produzem um prazer passageiro e feridas de longa duração, os grupos se diluem, os indiferentes se vão, as velas ardem nos castiçais. A dona da casa retém então alguns artistas, as pessoas alegres, os amigos, dizendo-lhes:

– Fiquem, vamos jantar só nós.

Reúnem-se num pequeno salão. A segunda, a verdadeira recepção então acontece; recepção em que, como ocorria no antigo regime, cada um ouve o que se diz, em que a conversação é geral, em que se é obrigado a ser espirituoso e contribuir para o divertimento geral. Tudo ganha relevo, um riso franco substitui a afetação que na vida social entristece as mais belas fisionomias.

---

1. *Rout*: reunião dançante em casa de família. (N.T.)
2. Crampade: nome de uma propriedade, que aparece em outros romances de Balzac. (N.T.)

Ou seja, o prazer começa quando o *rout* termina. O *rout*, essa fria revista de luxo, esse desfilar de amores-próprios em traje de gala, é uma dessas invenções inglesas que tendem a *mecanizar* as outras nações. A Inglaterra parece se empenhar para que o mundo inteiro se entedie como ela e tanto quanto ela. Esta segunda recepção é portanto, na França, em algumas casas, uma feliz manifestação do antigo espírito de nosso alegre país; mas infelizmente poucas casas a oferecem, e a razão é bem simples: se hoje não se oferecem jantares com tanta frequência é porque jamais houve, em regime algum, menos pessoas bem-situadas, consideradas e bem-sucedidas do que sob o reinado de Louis-Philippe, durante o qual a Revolução recomeçou legalmente.[3] Todos perseguem algum objetivo ou correm atrás da fortuna. O tempo tornou-se a mais cara das mercadorias, portanto ninguém pode se entregar a essa fantástica prodigalidade de voltar para casa de madrugada e se levantar tarde. De modo que só realizam o segundo sarau mulheres ricas o suficiente para abrir as portas de suas casas; e depois de julho de 1830, contam-se nos dedos essas mulheres em Paris. Apesar da oposição muda do bairro de Saint-Germain, duas ou três mulheres, entre as quais a marquesa d'Espard[4]

---

3. Adepto da Restauração, Balzac era hostil ao regime liberal de Louis-Philippe, inaugurado com a Revolução de 1830, e o alfinetava sempre que podia. (N.T.)

4. Nascida Jeanne-Clémentine-Athénaïs Blamont-Chauvry, é uma das principais personagens femininas de *A comédia humana*. É a grande dama da sociedade parisiense, protagonista de *A interdição*, além de ter papéis importantes em *Ilusões perdidas*, *O pai Goriot*, *César Birotteau* e *Esplendores e misérias das cortesãs*. (N.E.)

e a senhorita de Touches[5], não quiseram renunciar à parte de influência que exercem sobre Paris e não fecharam seus salões.

O salão da senhorita de Touches, célebre mesmo fora de Paris, é o último asilo onde se refugiou o espírito francês de antigamente, com sua dissimulada profundidade, seus milhares de rodeios e sua polidez refinada. Nele ainda se observam a elegância de maneiras apesar das convenções da polidez, a entrega à conversação apesar da reserva natural das pessoas bem-educadas e, sobretudo, a generosidade nas ideias. Ali, ninguém cogita de guardar seus pensamentos para um drama; e num relato ninguém vê um livro a ser escrito. Em suma, o odioso esqueleto de uma literatura acuada não se impõe de maneira alguma só por causa de um achado feliz ou de um assunto interessante. A lembrança de um desses saraus conservou-se especialmente em minha lembrança, e não tanto por causa de uma confidência em que o ilustre senhor de Marsay[6] deixou a descoberto uma das dobras mais profundas do coração feminino, mas por causa das observações que seu relato ensejou, a propósito das mudanças que têm ocorrido na mulher francesa depois da fatal revolução de julho.

---

5. Félicité des Touches: personagem fictício de *A comédia humana*. Intelectual e escritora, publica seus livros sob o nome de Camille Maupin. Aparece também em *Ilusões perdidas*, entre várias outras obras. Figura central de *Béatrix*. (N.E.)

6. Henri de Marsay: um dos principais personagens fictícios masculinos de *A comédia humana*. Aparece em inúmeros títulos, entre os quais *A menina dos olhos de ouro*, *Ilusões perdidas* e *César Birotteau*. (N.E.)

Durante essa noitada, o acaso reuniu diversas pessoas que por seus incontestáveis méritos granjearam reputações europeias. Isso não constitui de jeito nenhum uma lisonja dirigida à França, já que numerosos estrangeiros se encontravam entre nós. Além disso, os homens que mais brilharam não eram os mais célebres. Réplicas engenhosas, finas observações, pilhérias excelentes, quadros pintados com brilhante nitidez luziram e acumularam-se com naturalidade, prodigalizaram-se sem desdém e sem floreios e foram deliciosamente sentidos e delicadamente saboreados. As pessoas da sociedade se sobressaíram acima de tudo por uma graça, por uma verve, totalmente artísticas. Podem encontrar-se lá fora, na Europa, as maneiras elegantes, a cordialidade, a bonomia, o conhecimento; mas somente em Paris, nesse salão e naqueles que acabei de mencionar, abunda o espírito especial que dá a todas essas qualidades sociais uma associação agradável e caprichosa, não sei que impulso fluvial que faz serpentear com facilidade essa profusão de pensamentos, de fórmulas, de histórias, de documentos históricos. Paris, capital do gosto, só ela conhece essa ciência de transformar uma conversação numa competição verbal em que cada expressão do espírito se condensa num traço, em que cada um profere sua frase e coloca sua experiência numa palavra, onde todos se divertem, relaxam e se exercitam. Dessa maneira, somente lá vocês poderão intercambiar ideias; lá, vocês não trarão, como o delfim da fábula, um mico sobre os ombros[7];

---

7. Alusão à fábula de Esopo *O macaco e o delfim*, em que o homem mata o animal por dizer mentiras. (N.T.)

lá, vocês serão compreendidos e não se arriscarão a pôr em jogo moedas de ouro contra moedas de cobre. Em suma, lá os segredos bem traídos, as conversas ligeiras ou profundas ondeiam, revoluteiam, mudam de aspecto e de cor a cada frase. As críticas vivas e os relatos apressados atiçam-se mutuamente. Todos os olhos escutam, os gestos interrogam e a fisionomia responde. Enfim, lá tudo é, em uma palavra, espírito e pensamento. Jamais o fenômeno oral que, bem estudado, bem administrado, faz a pujança do ator e do narrador me havia fascinado tão completamente. Não fui o único a ser submetido a esses encantamentos, e passamos todos uma noitada deliciosa. A conversação, desdobrada em várias narrativas, arrastou em seu curso precipitado curiosas confidências, retratos numerosos de pessoas, mil loucuras que tornam essa encantadora improvisação completamente intraduzível; mas, ao deixar essas coisas entregues a seu verdor, a suas surpresas espontâneas, a suas falaciosas sinuosidades, talvez os senhores compreendessem bem o encanto de uma verdadeira recepção francesa, percebida no momento em que a familiaridade mais doce faz esquecer a cada um seus interesses, seu amor-próprio especial, ou, se preferirem, suas pretensões.

Por volta de duas horas da manhã, quando a ceia chegava ao fim, apenas se encontravam em torno da mesa os íntimos, todos experimentados por uma convivência de quinze anos, ou as pessoas de muito bom gosto, de fina educação e grandes conhecedoras do mundo. Por uma convenção tácita, seguida à risca, durante a ceia cada um renunciava à sua própria importância. Uma igualdade absoluta ali dava o tom.

Aliás, ali não existiam senão pessoas orgulhosas de si mesmas. A senhorita de Touches obriga seus convivas a permanecerem à mesa até o momento de irem embora, após ter observado em diferentes ocasiões a mudança total que se opera nos espíritos com a mudança de lugar. Na ida da sala de jantar para o salão, o encanto se rompe. Segundo Sterne[8], as ideias de um escritor que fez a barba são diferentes daquelas que ele tinha antes disso. Se Sterne está certo, não será possível afirmar com ousadia que o ânimo das pessoas à mesa não é o mesmo de quando elas retornam para o salão? A atmosfera não é mais capitosa, o olho não mais contempla a brilhante desordem da sobremesa, perdem-se os benefícios desse relaxamento de espírito, dessa benevolência que nos invade quando permanecemos na postura própria do homem saciado, bem instalados numa dessas cadeiras macias que são feitas hoje em dia. Talvez tenhamos mais disposição para conversar diante de uma sobremesa, em companhia de vinhos finos, nesse delicioso momento em que cada um pode apoiar o cotovelo sobre a mesa, a cabeça entre as mãos. Nessa ocasião não apenas todos gostam de falar como também de escutar. A digestão, quase sempre atenta, é, de acordo com o caráter de cada um, loquaz ou silenciosa. Cada um age como acha melhor. Este preâmbulo seria desnecessário para iniciá-los nos encantos da narrativa confidencial pela qual um homem célebre, falecido tempos depois, pintou o inocente jesuitismo da mulher com essa finura própria

---

8. Laurence Sterne (1713-1768): renomado escritor satírico inglês, autor de *A vida e as opiniões de Tristram Shandy*, um dos autores preferidos de Balzac, assim como do nosso Machado de Assis. (N.T.)

das pessoas que viram muitas coisas e que faz dos estadistas deliciosos contadores de histórias, quando, como os príncipes de Talleyrand e de Metternich[9], eles se dignam a contá-las.

De Marsay, nomeado primeiro-ministro havia seis meses, já tinha dado provas de uma capacidade superior. Ainda que os que o conheciam de longa data não ficassem surpresos de vê-lo exibir todos os talentos e as variadas aptidões do estadista, era o caso de se perguntar se ele sabia ser um grande político ou se apenas desabrochara sob o acicate das circunstâncias. Essa pergunta acabara de lhe ser endereçada, com uma intenção evidentemente filosófica, por um homem inteligente e observador que ele havia nomeado prefeito, que durante muito tempo fora jornalista e que o admirava, sem misturar à sua admiração esse fio de crítica envinagrada com a qual, em Paris, um homem superior se desculpa por admirar outro.

– Existiu, no começo de sua vida, um fato, um pensamento, um desejo que o fez consciente de sua vocação? – perguntou-lhe Émile Blondet.[10] – Afinal de contas, como Newton, todos temos a nossa maçã que

---

9. Charles-Maurice, duque de Talleyrand-Périgord (1754-1838). Político francês, ministro das Relações Exteriores e embaixador em Londres. Clemens-Lothar-Wenzel, príncipe de Metternich-Winneburg (1733-1859), mais conhecido como Metternich. Diplomata e estadista austríaco. Citados em vários textos de *A comédia humana*. Ambos costumavam frequentar os mesmos salões que Balzac. (N.E.)

10. Émile Blondet: jornalista fictício, personagem de vários livros de Balzac, entre os quais *O gabinete de antiguidades* e *A casa Nucingen*. (N.T.)

cai e que nos leva para o terreno onde nossas faculdades se desenvolvem...

– Sim, e vou lhes contar o que se passou – respondeu De Marsay.

Belas mulheres, políticos afetados, artistas, pessoas idosas, os íntimos de De Marsay, todos se acomodaram, cada um no seu jeito de ser, e olharam o primeiro-ministro. Será necessário dizer que não havia mais criados por perto, que as portas estavam fechadas e que os porteiros se haviam retirado? O silêncio foi tão profundo que se ouvia no pátio o murmurar dos cocheiros, o escoicear e os ruídos que os cavalos fazem em sua exigência de voltar para o estábulo.

– O estadista, meus amigos, não existe a não ser por uma qualidade – disse o ministro, brincando com sua faca de nácar e ouro –: a de se saber sempre o dono de si mesmo, de dar sempre a cada acontecimento o desconto que merece, por mais fortuito que ele possa ser; de se mostrar capaz de preservar enfim, no seu eu interior, um ser frio e desinteressado que assiste como espectador a todos os movimentos de nossa vida, a todas as nossas paixões, todos os nossos sentimentos, e que nos sussurra, a propósito de qualquer coisa, a proibição de uma espécie de código moral.

– Desse modo o senhor nos explica por que os estadistas são tão raros na França – disse o idoso lorde Dudley.[11]

---

11. Lorde Dudley: personagem fictício, pai de lady Dudley (de *O lírio do vale*) e pai natural de De Marsay, aparece em várias histórias de *A comédia humana*, entre as quais *O lírio do vale* e *A menina dos olhos de ouro*. (N.T.)

— Do ponto de vista sentimental, isso é horrível — continuou o ministro. — Aliás, quando esse fenômeno acontece com um rapaz... (Richelieu[12], advertido do perigo que corria Concini[13], por uma carta recebida na véspera, dormiu até quase o meio-dia, quando seu benfeitor deveria ser morto às dez horas), um jovem como Pitt ou Napoleão, os senhores podem escolher, ele se converte numa monstruosidade? Eu me tornei esse monstro bem cedo e graças a uma mulher.

— Eu acreditava — disse a senhora de Montcornet[14] sorrindo — que nós acabávamos mais com os políticos do que os fazíamos.

— O monstro de que falo não é um monstro a não ser porque ele lhes resiste — respondeu o narrador com uma irônica inclinação de cabeça.

— Se se trata de uma aventura de amor — disse a baronesa de Nucingen[15] —, eu lhe peço que não a interrompa com qualquer tipo de reflexão.

---

12. Duque de Richelieu (1585-1642), cardeal a partir de 1622, principal ministro do governo a partir de 1624. Citado em várias obras de *A comédia humana*, como *A duquesa de Langeais* e *O primo Pons*. (N.E.)

13. Concini: aventureiro italiano que introduziu o jovem Richelieu na corte, chegou a marechal e primeiro-ministro, graças à amizade com a rainha Catarina de Médicis. Em 1617, Louis XIII ordenou sua prisão. Concini reagiu e foi morto pelo capitão Vitry. (N.T.)

14. Madame de Montcornet: personagem fictício de *A comédia humana*, dona de um salão em *Uma filha de Eva*. (N.T.)

15. Ver nota na página 26.

— A reflexão é absolutamente oposta a ela! — ressaltou Joseph Bridau.[16]

— Eu tinha dezessete anos — prosseguiu De Marsay —, a Restauração estava a caminho de se firmar, e meus velhos amigos sabem o quanto eu era então impetuoso e ardente. Amava pela primeira vez e, hoje eu posso dizer isso, era um dos jovens mais bonitos de Paris. Tinha beleza e juventude, duas vantagens devidas ao acaso e das quais somos orgulhosos como de uma conquista. Sou obrigado a me calar quanto ao resto. Como todos os jovens, eu amava uma mulher seis anos mais velha. Nenhum de vocês — disse ele, circulando o olhar em torno da mesa — pode suspeitar o nome dessa mulher ou a identificar. Somente Ronquerolles[17], por essa época, conseguiu descobrir meu segredo; ele soube guardá-lo; eu teria medo de seu sorriso, mas ele já saiu — disse o ministro, olhando em torno de si.

— Ele não quis cear — disse a senhora de Sérizy.[18]

— Possuído por meu amor há seis meses, incapaz de suspeitar que a paixão me dominava — continuou o primeiro-ministro —, eu me entregava a esses adoráveis endeusamentos que são o triunfo e a frágil felicidade da juventude. Eu guardava *suas* luvas velhas, bebia sob a forma de chá as flores que *ela* carregara, à noite me

---

16. Joseph Bridau: pintor famoso (fictício), personagem importante em *Uma estreia na vida*. (N.T.)

17. Ronquerolles: personagem fictício que aparece em vários romances, com destaque em *História dos treze*. (N.T.)

18. Madame de Sérizy: irmã de Ronquerolles, personagem fictício com especial destaque em *Esplendores e misérias das cortesãs*. (N.T.)

levantava para ir olhar as *suas* janelas. Todo meu sangue subia ao peito ao respirar o perfume que ela escolhera. Estava a milhares de léguas de reconhecer que as mulheres são estufas revestidas de mármore.

– Ah, o senhor ri a nossa custa, por meio de seus horrorosos conceitos? – perguntou sorrindo a senhora de Camps.[19]

– Eu teria fulminado, acredito, com o meu desprezo o filósofo que divulgou essa terrível afirmação de uma profunda justeza – prosseguiu De Marsay. – São todos muito inteligentes para que eu precise lhes dizer mais. O pouco que mencionei vai recordá-los de suas próprias loucuras. Grande dama como nenhuma outra e viúva sem filhos (ah, está tudo aí), minha adorada havia se recolhido para marcar minha roupa branca com seus cabelos; ou seja, ela respondia às minhas loucuras com outras. Desse modo, como não acreditar na paixão, quando ela é assegurada pela loucura? Havíamos, eu e ela, usado de todo o nosso engenho para esconder dos olhos do mundo um amor tão completo e bonito; e tivemos êxito nisso. Além do mais, quanto encanto não havia em nossas escapadas? Sobre ela, não vou lhes dizer mais nada: perfeita naquela época, ainda hoje é tida como uma das mulheres mais bonitas de Paris; naquela ocasião, muita gente se teria deixado matar só para conseguir um de seus olhares. Ficara numa situação financeira satisfatória para uma mulher adorada e que amava, mas que a Restauração, a quem ela devia um brilho novo, tornava pouco conveniente,

---

19. Madame de Camps: senhora Fermiani, personagem fictício, heroína do romance de mesmo nome. (N.T.)

considerando-se o seu nome. Na minha condição, eu tinha a presunção de não conceber uma única suspeita. Ainda que meu ciúme fosse mais forte que o de 120 Otelos, esse sentimento terrível dormitava em mim como o ouro em sua pepita. Eu faria meu criado me dar uma surra de bengala se tivesse tido a covardia de duvidar da pureza de anjo tão frágil e tão forte, tão loiro e tão ingênuo, puro, cândido, e cujos olhos azuis se deixavam penetrar, até o fundo do coração, com adorável submissão diante de meu olhar. Jamais houve a menor hesitação na sua atitude, no seu olhar ou na sua palavra; sempre branca, fresca e pronta para o bem amado, como o lírio oriental do *Cântico dos cânticos*! Ah, meus amigos – exclamou dolorosamente o ministro, tornado outra vez um rapaz –, é necessário ferir bem duramente a cabeça contra o mármore para dissipar toda essa poesia!

Esse grito espontâneo, que encontrou eco entre os convidados, acentuou a curiosidade deles, já tão sabiamente excitada.

– Todas as manhãs, montado sobre esse belo Sultão que o senhor me mandou da Inglaterra – disse ele a lorde Dudley –, eu passava ao lado da caleça dela, cujos cavalos iam de propósito a passo lento, e via a palavra de ordem escrita com flores em seu buquê, para o caso de que não pudéssemos trocar uma frase. Ainda que nos víssemos quase todas as noites em recepções, e que ela me escrevesse todos os dias, tínhamos adotado, para ludibriar os olhares e desviar as observações, uma maneira de nos conduzirmos. Nunca nos olharmos, evitarmos um ao outro, falarmos mal um do outro; admirar-se, gabar-se ou se fazer de amante desprezado; todos esses velhos estratagemas valem menos, de uma parte ou de outra, do que uma falsa paixão confessada por uma pessoa indiferente, e um ar de indiferença em relação a seu verdadeiro ídolo. Se dois amantes quiserem jogar esse jogo, o mundo será sempre enganado por eles; mas os dois precisam estar seguros um do outro. O álibi de que ela se valia era um protegido do rei, um cortesão, frio e devoto, a quem ela nunca recebia em casa. Essa comédia era representada para proveito dos tolos e dos salões que se riam dela. Não se cogitava entre nós de casamento: seis anos de diferença deveriam preocupá--la; e ela nada sabia sobre a minha fortuna, que, por princípio, sempre escondi. Quanto a mim, encantado por seu espírito, por suas maneiras, pela extensão de seus relacionamentos, de seu conhecimento da sociedade, eu a teria esposado sem reflexão. No entanto, essa reserva me agradava. Se ela tivesse, de alguma maneira, falado logo de casamento, talvez eu tivesse descoberto vulgaridade naquela alma sem defeito. Seis meses plenos e inteiros, um diamante do mais alto quilate! Eis o meu quinhão de amor neste mundo mesquinho. Certa manhã, vítima da febre e do abatimento que um resfriado proporciona no seu início, escrevi algumas palavras pelas quais adiava uma dessas festas secretas enterradas sob os tetos de Paris como as pérolas no mar. Uma vez enviada a carta, fui tomado pelo remorso: "Ela não acreditará que estou doente!", pensei. Ela se fazia de ciumenta e desconfiada. Quando o ciúme é verdadeiro – disse de Marsay se interrompendo –, ele é sinal evidente de um amor sem igual...

— E por quê? – indagou vivamente a princesa de Cadignan.[20]

— O amor único e verdadeiro – disse De Marsay – produz uma espécie de apatia corporal em harmonia com a contemplação em que se cai. O espírito então complica tudo, trabalha por si mesmo, arquiteta fantasias, transforma-as em realidades, em tormentos; e esse ciúme é tão encantador quanto incômodo.

Um ministro estrangeiro sorriu ao recordar, à luz de uma lembrança, a verdade dessa observação.

— Além do mais, eu me dizia, como perder uma felicidade? – disse De Marsay, dando prosseguimento à sua narrativa. – Não era melhor ir visitá-la com febre? Além do mais, ao me saber doente, eu a acreditava capaz de vir me socorrer e assim se comprometer. Faço então um esforço, escrevo-lhe uma segunda carta e vou levá-la em pessoa, uma vez que meu homem de confiança já havia saído. Estávamos separados pelo rio, eu tinha de atravessar Paris. Mas, por fim, a uma distância conveniente de seu palácio, avisto um mensageiro, recomendo-lhe entregar a carta imediatamente e tenho a bela ideia de passar de fiacre diante de sua porta para ver se ela, por acaso, não receberá os dois bilhetes ao mesmo tempo. No momento em que estou chegando, duas horas em ponto, o portão se abre para deixar entrar a viatura de quem? Do álibi! Já se passaram quinze anos desde então e, bem, ao lhes falar, o orador cansado, o ministro consumido pelo contato com os negócios públicos ainda sente uma turbulência em seu

---

20. Princesa de Cadignan: personagem fictício e protagonista do romance *Os segredos da princesa de Cadignan*. (N.T.)

coração e um calor no seu diafragma! Ao cabo de uma hora, torno a passar: a viatura permanecia no pátio! Minha mensagem continuava sem dúvida na portaria. Por fim, às três e meia, a viatura parte, posso estudar a fisionomia de meu rival: estava sério, não sorria; mas ele amava, tratava-se sem dúvida de um caso de amor. Compareço então ao nosso encontro, a rainha de meu coração aparece, eu a encontro calma, pura e serena. Aqui, devo confessar que sempre achei Otelo não só estúpido como de mau gosto. Somente um homem metade negro é capaz de se conduzir assim. Shakespeare sentiu bem isso ao intitular sua peça *O mouro de Veneza*. O aspecto da mulher amada tem algo de tão balsâmico para o coração que é capaz de dissipar a dor, as dúvidas, os desgostos: toda a minha cólera sumiu, reencontrei meu sorriso. De modo que aquela fisionomia que, na minha idade, teria constituído a mais horrível das dissimulações, foi resultado de minha juventude e de meu amor. Uma vez enterrado o ciúme, ganhei a capacidade de observar. Minha condição de doente era visível, as dúvidas horríveis que me haviam acometido só a acentuavam. Por fim, achei um jeito de deixar escapar essas palavras, resultado da inquietude em que me jogara o medo de que ela não estivesse disponível naquela manhã, depois de meu primeiro bilhete: "Você não recebeu ninguém esta manhã em casa?". "Ah, só um homem para ter uma ideia dessas", ela disse. "Seria eu capaz de pensar em outra coisa que não no seu sofrimento? Até o momento em que chegou o seu segundo bilhete, não fiz outra coisa senão pensar numa maneira de ir vê-lo." "E você esteve sozinha?"

"Sozinha", respondeu, olhando-me com uma atitude de tão perfeita inocência que foi desafiado por atitude semelhante que o mouro matou Desdêmona. Como ela morava só em seu palácio, essa afirmação constituía uma mentira assustadora. Uma única mentira destrói essa confiança absoluta que, para algumas almas, é a própria essência do amor. Para exprimir o que se produziu em mim naquele momento, seria preciso admitir que temos um ser interior do qual o *nós* visível é apenas o revestimento, que esse ser, brilhante como uma luz, é delicado como uma sombra... e, bem, que esse belo *eu* foi então recoberto para sempre por um crepe. Sim, senti uma mão fria e descarnada recobrir-me com o sudário da experiência, impor-me o luto eterno que uma primeira traição coloca em nossa alma. Ao baixar os olhos para não lhe deixar perceber minha perplexidade, um pensamento orgulhoso me trouxe um pouco de força: "Se ela te engana, ela não é digna de ti!". Disfarcei meu súbito rubor e algumas lágrimas que me vieram aos olhos com o pretexto de um acesso de dor, e a doce criatura quis me acompanhar até minha casa, com as cortinas do fiacre baixadas. Durante o caminho, ela foi de uma solicitude e de uma ternura que teriam enganado até esse mouro de Veneza que tomo como comparação. Com efeito, se essa criança grande hesitasse por dois segundos, todo espectador inteligente adivinharia que ele ia pedir perdão a Desdêmona. Aliás, matar uma mulher é um ato infantil! Chorou ao me deixar, tanto estava ela infeliz por não poder me cuidar pessoalmente. Desejava ser meu criado de quarto, cuja ventura era para ela motivo de ciúme, e tudo isso redigido, ah, como o teria escrito uma Clarisse[21] feliz. Existe sempre um macaco consumado dentro da mais bonita e angelical das mulheres.

A essa afirmação, todas as mulheres baixaram os olhos, como se feridas por essa verdade impiedosa, formulada de modo tão cruel.

– Não lhes falo nem da noite, nem da semana que passei – prosseguiu De Marsay. – Foi quando me reconheci um estadista.

Isso foi dito tão bem que deixamos todos escapar um gesto de admiração.

– Ao repassar, com imaginação infernal, as verdadeiras vinganças cruéis que se podem praticar contra uma mulher – prosseguiu De Marsay – (e, como nós nos amávamos, elas eram terríveis e irreparáveis), eu me desprezava, me sentia vulgar, formulava insensivelmente um código horrível, o da indulgência. Vingar-se de uma mulher não é reconhecer que ela é única para nós, que não saberíamos viver sem ela? E será a vingança a maneira de reconquistá-la? Se ela não nos é indispensável, se existem outras, por que não lhes deixar o direito de troca que arrogamos para nós mesmos? Isso, bem entendido, só se aplica à paixão; de outro modo, seria antissocial, e nada prova melhor a necessidade do casamento indissolúvel do que a instabilidade da paixão. Os dois sexos devem ser acorrentados, como animais ferozes que são, a leis inexoráveis, surdas e mudas. Suprima-se a vingança e a traição nada mais

---

21. Clarisse: nome afrancesado da protagonista do romance *Clarissa Harlowe*, de Richardson; apaixonada pelo herói Lovelace, morre de desgosto. (N.T.)

é no amor. Aqueles que acreditam que só existe uma mulher no mundo para si, esses devem ser adeptos da vingança, e nesse caso existe apenas uma, a de Otelo. Conto-lhes a minha.

Essas palavras provocaram entre nós o movimento imperceptível que os jornalistas descrevem nos discursos parlamentares como "sensação profunda".

– Curado de minha gripe e do amor puro, absoluto, divino, eu me envolvi em uma outra aventura, cuja heroína era encantadora e com um tipo de beleza totalmente oposta à do meu anjo enganador. Mas evitei romper com aquela primeira mulher, tão forte e tão boa comediante, porque não sei se o amor verdadeiro proporciona prazeres tão refinados quanto os prodigalizados por uma tão sábia dissimulação. Uma tal hipocrisia vale tanto quanto a virtude (e ao dizer isso não me refiro a vocês, as inglesas, minha senhora) – disse suavemente o ministro, dirigindo-se a lady Barimore, filha de lorde Dudley. – Enfim, esforcei-me para continuar a ser o amoroso de sempre. Tive de mandar preparar, para meu novo anjo, algumas mechas de meu cabelo e procurei um hábil artista que, nessa época, morava na Rue Boucher. Esse homem tinha o monopólio dos presentes capilares, e dou seu endereço para aqueles que têm pouco cabelo: ele os tem de todos os tipos e cores. Depois de se inteirar do que eu queria, ele me mostrou seus trabalhos. Vi então obras de paciência, feitas pelos forçados, que superam o que os contos atribuem às fadas. Ele me pôs a par dos caprichos e das modas que regem a questão dos cabelos. "De um ano para cá", ele me disse, "causa furor o hábito de se marcar a roupa branca com cabelos e, felizmente, tenho belas coleções de cabelo e obras de excelente qualidade." Ao ouvir essas palavras, fui tomado de uma suspeita; tirei meu lenço e lhe disse: "De modo que este aqui foi feito em sua casa, com cabelos falsos?". Ele olhou meu lenço e disse: "Ah, essa dama era muito difícil, quis verificar a tonalidade de seus cabelos. Minha própria mulher marcou esses lenços. O senhor possui aí, cavalheiro, uma das melhores peças já executadas". Antes desse último lampejo de luz, eu teria acreditado em qualquer coisa, teria dado atenção à palavra de uma mulher. Saí dali tendo fé no prazer, mas nas coisas do amor me tornei ateu como um matemático. Dois meses mais tarde, estava sentado junto à minha primeira dama etérea, em seu quarto, sobre seu divã; segurava uma de suas mãos, ela as tinha muito bonitas, e transpúnhamos os Alpes do sentimento, colhendo as mais belas flores, desfolhando as margaridas (sempre há um momento em que desfolhamos as margaridas, mesmo quando estamos num salão e não existem margaridas)... No auge da ternura, quando a gente ama da maneira mais intensa, o amor tanto tem a consciência de sua pouca duração que experimentamos a necessidade invencível de perguntar: "Mas você me ama? Vai me amar para sempre?". Aproveitei esse momento elegíaco, tão terno, tão florido, tão promissor, para fazê-la dizer as mais belas mentiras na sonhadora linguagem dos exageros espirituais, nessa poesia gascã própria do amor. Charlotte desabrochou a fina flor de suas artimanhas: não podia viver sem mim, eu era para ela o único homem que existia no mundo, tinha medo de me entediar porque minha presença lhe roubava toda presença de espírito; perto de mim, suas faculdades se convertiam todas em amor. Aliás, era terna demais para não sentir medos; há seis meses procurava um meio de me prender eternamente a ela e esse era um segredo que só Deus conhecia; enfim, seu deus era eu....

As mulheres que escutavam De Marsay pareceram ofendidas ao se verem tão bem representadas, já que ele acompanhava as palavras com trejeitos, meneios de cabeça e requebros que provocavam a ilusão feminina.

– No momento em que estava prestes a acreditar em suas adoráveis falsidades, segurando o tempo todo sua mão úmida na minha, perguntei-lhe: "Quando você casa com o duque?". Essa estocada era tão direta, meu olhar estava tão fixo no seu, e sua mão tão docemente pousada na minha, que seu estremecimento, por mais ligeiro que fosse, não pôde ser dissimulado inteiramente; seu olhar fugiu do meu, um leve rubor nuançou suas faces. "O duque! O que é que você quer dizer com isso?", respondeu ela, fingindo uma profunda perplexidade. "Sei de tudo", retruquei; "e na minha opinião, você não deveria perder mais tempo; ele é rico, ele é duque; mas, mais que devoto, ele é religioso! Assim, estou certo de que você me tem sido fiel graças aos escrúpulos dele. Você não pode avaliar o quanto é urgente para você comprometê-lo perante si mesmo e perante Deus; sem isso, essa história não terá mais fim." "Será que estou sonhando?", perguntou ela, ajeitando os cabelos acima da testa, quinze anos antes da Malibran[22], do tão famoso gesto da Malibran. "Vamos lá,

---

22. Malibran: famosa cantora de origem espanhola, musa do poeta Alfred de Musset. (N.T.)

não se faça de criança, meu anjo", eu disse, tentando lhe prender as mãos. Mas ela cruzou os braços na frente do corpo, com um arzinho pudico e ofendido. "Case com ele, deixo a senhora fazer isso", continuei, respondendo a seu gesto com um tratamento cerimonioso. "E mais, incito-a a fazer isso." "Mas isso encerra um desprezo horrível", disse ela, tombando a meus joelhos. "Só amo você, pode me pedir a prova que quiser." "Levante-se, minha querida, e faça-me o favor de ser sincera." "Serei, como com Deus." "Você duvida do meu amor?" "Não." "Da minha fidelidade?" "Não." "Muito bem, cometi o maior de todos os crimes", eu disse. "Duvidei do seu amor e da sua fidelidade. Entre dois delírios, pus-me a observar tranquilamente o que se passava em torno de mim." "Tranquilamente!", exclamou ela com um suspiro. "Isso é demais. Henri, você não me ama mais." Ela já havia encontrado, como vocês podem ver, uma porta por onde se evadir. Nesse tipo de cena, usar um advérbio é sempre perigoso. Mas a curiosidade a levou a acrescentar: "E o que foi que você viu? Nunca falei com o duque a não ser em público; você leu alguma coisa em meus olhos?". "Não", eu disse, "mas nos olhos dele sim. E a senhora me fez ir oito vezes à igreja de São Tomás de Aquino para vê-la assistir à mesma missa que ele." "Ah!", exclamou ela por fim. "Então você teve ciúmes." "Bem que eu gostaria de ter", disse, admirando a agilidade daquela viva inteligência e as contorções de acrobata que só poderiam impressionar os cegos. "Mas à força de ir à igreja, eu me tornei por demais incrédulo. No dia de meu primeiro resfriado e de sua primeira traição, quando me acreditava no leito, a senhora recebeu o duque e me disse que não havia se encontrado com ninguém."

"Sabe que a sua conduta é infame?" "Em quê? Penso que seu casamento com o duque é um excelente negócio: ele lhe proporcionará um belo nome, a posição de destaque que lhe convém, uma situação de brilho, honrosa. A senhora será uma das rainhas de Paris. Eu estaria agindo errado com a senhora se colocasse obstáculos a esse arranjo, a essa vida de honras, a essa aliança estupenda. Ah, qualquer dia, Charlotte, a senhora me fará justiça, ao descobrir o quanto o meu caráter é diferente do de outros jovens... A senhora seria obrigada a me enganar... Sim, se sentiria muito embaraçada para romper comigo, porque ele a espiona. É hora de nos separarmos, o duque é de uma virtude severa. É preciso que a senhora se torne virtuosa, é o que lhe aconselho. O duque é vaidoso, ficará orgulhoso de sua mulher." "Ah, Henri", ela me disse, derretendo-se em lágrimas, "se você tivesse falado antes! Sim, se você tivesse querido (a culpa era minha, compreendem?), nós teríamos ido viver para sempre num cantinho, casados, felizes, encarando o mundo." "Enfim, agora é tarde" retruquei, beijando-lhe as mãos e adotando um ar de vítima. "Meu Deus, ainda posso voltar atrás!", ela exclamou. "Não, a senhora já foi longe demais com o duque. Devo mesmo fazer uma viagem, para nos separarmos de fato. Teríamos medo, de parte a parte, por causa de nosso amor..." "Acredita, Henri, que o duque suspeita de alguma coisa?", eu ainda era Henri, mas o seu tom era mais cerimonioso. "Acho que não", respondi, assumindo o tom e os modos de um amigo.

"Mas torne-se uma devota por inteiro, reconcilie-se com Deus, já que o duque espera por provas; ele hesita e é preciso convencê-lo." Ela se levantou, atravessou o quarto duas vezes, presa de uma agitação verdadeira ou fingida; depois sem dúvida encontrou uma atitude e um olhar em harmonia com a nova situação, pois se deteve diante de mim, estendeu a mão e disse com voz emocionada: "Muito bem, Henri, você é um homem leal, nobre e encantador; jamais lhe esquecerei". Isso foi de uma estratégia admirável. Ela mostrou-se encantadora nessa transição, necessária à situação em que queria se colocar diante de mim. Adotei a atitude, as maneiras e o olhar de um homem tão profundamente aflito que vi a dignidade dela, demasiadamente recente, fraquejar; olhou-me, segurou minha mão, me puxou, me derrubou quase, sobre o divã, e me disse, após um momento de silêncio: "Estou profundamente triste, benzinho. Você me ama?". "Claro que sim." "E então, o que será de você?" Nesse ponto, todas as damas se entreolharam. "Se eu ainda sofria ao me recordar de sua traição", prosseguiu De Marsay, "rio agora do ar de íntima convicção e de doce satisfação interior que ela exibia, senão por minha morte, ao menos por causa de uma eterna melancolia. Ah, não riam desde já", ele disse aos convivas, "ainda há coisa melhor." Eu a olhei muito amorosamente depois de uma pausa e lhe disse: "Sim, é exatamente o que me perguntei". "E o que você fará?" "Foi o que me perguntei no dia seguinte ao de meu resfriado." "E?....", perguntou ela com visível inquietude. "E então me aproximei dessa damazinha a quem supostamente faço a corte." Charlotte retesou-se sobre o divã como uma corça surpreendida, tremeu como uma folha, lançou-me um desses olhares em que as mulheres esquecem toda a sua dignidade, todo o seu pudor, sua finura, sua graça mesmo, o olhar faiscante de víbora acossada, acuada no seu canto, e me disse: "E eu que o amava! Eu que lutava! Eu que...". E no momento da terceira afirmativa, que deixo a cargo da imaginação de vocês, fez a mais bela pausa que já vi. "Meu Deus", exclamou ela, "como somos infelizes! Jamais conseguimos ser amadas. Para vocês nunca há nada de sério, nem nos sentimentos mais puros. Mas, deixe estar, pois mesmo quando vocês nos enganam, nós é que enganamos vocês." "Estou vendo", disse-lhe eu com ar contrito. "Vocês, em meio à sua cólera, têm lucidez suficiente para que seu coração possa vir a sofrer com isso." Essa pequena alfinetada redobrou sua fúria, ela chorou de despeito. "Você me torna o mundo e a vida desonrosos", disse. "Você me rouba todas as ilusões, acaba com meu coração." Ela me disse tudo o que eu tinha direito de dizer a ela, com uma simplicidade afrontosa, com uma temeridade ingênua que com certeza teriam deixado paralisado um outro homem que não eu. "Que vai ser de nós, pobres mulheres, na sociedade em que nos converteu a Carta de Louis XVIII!..." (Vejam até onde sua fraseologia a arrastava.) "Sim, nascemos para sofrer. Nas coisas da paixão, estamos sempre numa posição acima, e vocês abaixo, da lealdade. Vocês não têm qualquer honestidade no coração. Para vocês o amor é um jogo; e trapaceiam sempre." "Querida", eu lhe disse, "levar qualquer coisa a sério na sociedade atual seria como amar de verdade uma atriz." "Que traição infame! E ela foi premeditada..." "Não, apenas lógica." "Adeus, senhor De Marsay", ela disse. "O senhor me enganou de uma maneira horrível..." "A senhora duquesa", respondi, adotando uma atitude submissa, "vai se lembrar no futuro das injúrias sofridas por Charlotte?" "Com certeza", respondeu em tom amargo. "Então a senhora me detesta?" Ela baixou a cabeça e eu disse comigo mesmo: "Nem tudo está perdido!". Deixei-a com o sentimento de que ela tinha alguma coisa a vingar. E pois bem, meus amigos, tenho estudado muito a vida dos homens bem-sucedidos com as mulheres, mas não creio que nem o marechal de Richelieu[23], nem Lauzan[24], nem Louis de Valois tenham jamais realizado, em uma primeira vez, retirada tão hábil. Quanto a meu espírito e meu coração, eles se formaram naquele momento para sempre, e o domínio que soube então conquistar sobre os movimentos irrefletidos que nos levam a fazer tantas tolices me deu esse belo sangue-frio que vocês conhecem.

– Quanto eu lamento essa segunda mulher – exclamou a baronesa de Nucingen.

O sorriso imperceptível que aflorou aos lábios pálidos de De Marsay fez corar Delphine de Nucingen.

---

23. Marechal de Richelieu: Armand du Plessis (1696-1788), sobrinho-neto do famoso cardeal, militar e diplomata, ficou conhecido por suas aventuras de amor escandalosas. (N.T.)

24. Lauzan: Antonin Nonpar de Caumont, duque de Lauzan (1633-1723), cortesão cujo maior feito foi seduzir mademoiselle de Montpensier, prima de Louis XIV. (N.T.)

— Como os gente se esquecerrr das coisa! — exclamou o barão de Nucingen.[25]

A ingenuidade do célebre banqueiro fez um sucesso tal que nem sua mulher, que foi exatamente essa *segunda* de De Marsay, pôde se impedir de rir como todo mundo.

— Vocês todos estão dispostos a condenar essa mulher — disse lady Dudley.[26] — Pois bem, eu compreendo como ela não considerava seu casamento como sendo uma traição! Os homens jamais querem distinguir entre a obrigação e a fidelidade. Conheço a mulher cuja história o senhor De Marsay nos contou e ela é uma das últimas grandes damas que vocês têm!

— Infelizmente, *milady*, a senhora tem razão — continuou De Marsay. — Em breve vai fazer cinquenta anos que assistimos à ruína contínua de todas as distinções sociais; deveríamos ter salvado as mulheres desse grande naufrágio, mas o código civil as nivelou com seus artigos. Por mais terríveis que sejam estas palavras, é preciso dizê-las: as duquesas se vão, assim como as marquesas! Quanto às baronesas, elas nunca conseguiram ser levadas a sério.

— A aristocracia começa com as viscondessas — disse Blondet, sorrindo.

---

25. Barão de Nucingen: personagem fictício. Financista famoso e poderoso em Paris. Um dos mais destacados personagens de *A comédia humana*. Aparece em *A casa Nucingen*, *Esplendores e misérias das cortesãs*, *O pai Goriot*, *César Birotteau*, entre outros. (N.E.)

26. Lady Dudley: personagem fictício e um dos principais de *O lírio do vale*. Aparece também em *Uma filha de Eva* e *Memórias de duas jovens esposas*. (N.E.)

— As condessas restarão — continuou De Marsay. — Uma mulher elegante será mais ou menos condessa, condessa do império ou de ontem, condessa da velha estirpe ou, como dizem em italiano, condessa por polidez. Mas quanto à grande dama, ela está morta com toda a sociedade grandiosa do século passado, junto com o pó de arroz, as moscas, os chinelos de salto alto, os corseletes apertados enfeitados de um delta de nós. As duquesas passam hoje pelas portas sem que seja necessário fazê-las alargar para as suas saias repolhudas. Enfim, o império viu os últimos vestidos de cauda! Até agora não consegui compreender como o soberano que quis que sua corte fosse varrida pelo cetim ou pelo veludo dos vestidos ducais não estabeleceu para algumas famílias o direito de primogenitura por meio de leis indestrutíveis. Napoleão não adivinhou os efeitos desse código que o deixou tão orgulhoso. Esse homem, ao criar suas duquesas, engendrava as nossas *femmes comme il faut*[27] de hoje, resultado indireto de sua legislação.

— O pensamento, utilizado como um martelo seja pela criança que sai do colégio seja pelo jornalista obscuro, demoliu as magnificências do estado social — disse o conde de Vandenesse.[28] — Hoje, qualquer tolo que possa manter convenientemente a cabeça em pé, que

---

27. *Femme comme il faut*: expressão surgida na época de Balzac para designar a mulher elegante e refinada produzida pelos novos tempos, modelo para a sociedade, inclusive no plano moral; literalmente, "a mulher como ela deve ser". (N.T.)

28. Conde de Vandenesse: personagem fictício de *Uma filha de Eva* e protagonista de *O lírio do vale*. (N.T.)

cubra seu peito poderoso de homem com um palmo de cetim em forma de couraça, exiba uma face onde reluz um talento apócrifo sob os cabelos encaracolados, saracoteie sobre dois sapatos de verniz com meias de seda que custam seis francos, conserve o lornhão sobre uma de suas sobrancelhas arqueadas enquanto enruga o alto da face; e, se ele for praticante de advogado, filho de empresário ou filho bastardo de banqueiro, examina de modo impertinente, de alto a baixo, a mais bela das duquesas, a avalia enquanto ela desce a escada de um teatro e diz a seu amigo vestido por Buisson, em cuja loja nos vestimos todos, e que calça verniz como qualquer duque: "Veja só, meu caro, uma *femme comme il faut*".

– O senhores não souberam – disse lorde Dudley – converter-se num partido, não terão uma política ainda por muito tempo. Na França, fala-se muito em organizar o trabalho, mas até agora não organizaram ainda a propriedade. Veja só o que lhes acontece: um duque qualquer (ainda sob o reinado de Louis XVIII ou de Charles X se encontrava quem possuísse duzentas mil libras de renda, um palácio magnífico e uma criadagem suntuosa) podia se comportar, esse duque, como um grão-senhor. O último desses grandes senhores franceses é o príncipe de Talleyrand. Este duque deixa quatro filhos, dos quais duas mulheres. Supondo-se que tenha havido muita sorte na maneira como ele conseguiu casar a todos, cada um de seus herdeiros não terá mais que sessenta ou oitenta mil libras de renda hoje. Cada um deles é pai ou mãe de vários filhos, sendo em consequência obrigados a viver num apartamento, no térreo ou no primeiro andar de um prédio, com a maior economia;

quem sabe até se eles não buscam fazer fortuna? Daí que a mulher do filho mais velho, que é duquesa apenas no nome, não possui nem carruagem, nem criados, nem camarote no teatro, nem tempo ocioso; não dispõe de um apartamento em seu palácio, nem fortuna, nem bibelôs; está enterrada no casamento como uma senhora da Rue Saint-Denis em seu comércio; compra as meias de seus queridos filhinhos, os alimenta e vigia as filhas que não mais põe no convento. Suas mulheres mais nobres tornaram-se, assim, amáveis chocadeiras.

— Uma pena, mas é isso mesmo! – disse Joseph Bridau. – Nossa época não tem mais essas belas flores femininas que têm ornado os grandes séculos da monarquia francesa. O leque da grande dama se quebrou. A mulher não tem mais por que corar, maldizer, cochichar, se esconder, se mostrar. O leque serve unicamente para ela se abanar. Quando uma coisa não vai além do que ela é, torna-se útil em demasia para fazer parte do luxo.

— Tudo na França tem sido cúmplice da *femme comme il faut* – disse Daniel d'Arthez.[29] – A aristocracia consentiu nisso com sua retirada para os confins de suas terras, onde se enfiou para morrer escondida, imigrando para o interior frente às ideias, como antigamente para o exterior frente às massas populares. As mulheres que podiam criar os salões europeus, comandar a opinião, manuseá-la como a uma luva, subjugar o mundo por ter o comando dos artistas ou dos pensadores que o deviam dominar têm cometido o erro de abandonar

---

29. Daniel d'Arthez, nascido em 1795. Personagem fictício de *A comédia humana*, aparece em várias obras, como *Ilusões perdidas* e *Os segredos da princesa de Cadignan*. (N.E.)

o terreno, envergonhadas de terem de lutar com uma burguesia embriagada de poder. E elas surgem no palco do mundo para talvez aí apenas se deixarem cortar em pedaços pelos bárbaros que as acossam. Assim, onde os burgueses querem ver princesas, percebem-se apenas jovens *femmes comme il faut*. Hoje os príncipes não encontram mais grandes damas com quem assumir um compromisso, eles sequer conseguem tornar conhecida uma mulher escolhida ao acaso. O duque de Bourbon[30] é o último príncipe que se utilizou desse privilégio.

– E sabe Deus o quanto isso lhe custa! – disse lorde Dudley.

– Hoje os príncipes têm mulheres distintas que são obrigadas a dividir o preço do camarote com as amigas e a quem o favor real não seria capaz de engrandecer em qualquer coisa, que deslizam sem ruído por entre as águas da burguesia e as da nobreza, nem inteiramente nobres e nem completamente burguesas – disse com amargura a marquesa de Rochefide.[31]

– A imprensa ocupou o lugar da mulher – exclamou Rastignac.[32] – A mulher não tem mais o mérito do folhetim falado, das deliciosas maledicências enfeitadas de belas palavras. Lemos folhetins escritos numa gíria que muda a cada três anos, jornalecos tão agradáveis quanto um papa-defunto e tão leves quanto o chumbo

---

30. Charles III, oitavo duque de Bourbon (1490-1527), chefe supremo do exército francês. (N.E.)

31. Marquesa Béatrix-Maximiliene-Rox de Rochefide. Personagem fictício de *A comédia humana*. Aparece também em *A casa Nucingen* e *Uma filha de Eva*. (N.E.)

32. Ver nota à página 19.

de seus caracteres. As conversações francesas acontecem num linguajar revolucionário, de uma ponta a outra da França, por meio de longas colunas impressas em palácios onde range uma impressora que ocupa o lugar dos círculos elegantes que outrora ali brilhavam.

– O toque de finados da alta sociedade está soando, ouçam só! – exclamou um príncipe russo. – E a primeira badalada é essa expressão moderna de vocês, *femme comme il faut*!

– O senhor tem razão, meu príncipe – disse De Marsay. – Essa mulher, saída das fileiras da nobreza, ou elevada da burguesia, vinda de todas as partes, mesmo da província, é a expressão dos tempos atuais, uma última imagem do bom gosto, do espírito, da graça e da distinção, todas elas reunidas mas atenuadas. Não mais veremos grandes damas na França, mas durante muito tempo existirão *femmes comme il faut* colocadas pela opinião pública numa câmara alta feminina e que serão para o belo sexo o que é o *gentleman* na Inglaterra.

– E ainda chamam a isso de progresso! – disse a senhorita de Touches. – Gostaria de saber onde está esse progresso.

– Ah, vejam bem – respondeu a senhora de Nucingen –: antigamente uma mulher podia ter uma voz de peixeira, um andar de granadeiro, um rosto de cortesã audaciosa, os cabelos eriçados para trás, os pés grandes, as mãos grosseiras e ser, apesar de tudo isso, uma grande dama; mas hoje, ainda que fosse uma Montmorency[33],

---

33. Família de senhores feudais cujas origens remontam a 955. Mencionada em *Ursule Mirouët*, *A musa do departamento*, entre outros textos de *A comédia humana*. (N.E.)

se as moças Montmorency pudessem ser assim, ela não seria uma *femme comme il faut*.

– Mas o que entendem vocês por uma *femme comme il faut*? – perguntou ingenuamente o conde Adam Laginski.[34]

– É uma criação moderna, um triunfo deplorável do sistema eletivo aplicado ao belo sexo – respondeu o ministro. – Cada revolução tem a sua expressão característica, a palavra que a resume e a descreve.

– O senhor tem razão – disse o príncipe russo, que viera a Paris para construir uma reputação literária. – Explicar algumas palavras acrescentadas de século em século à bela língua dos senhores seria construir uma história magnífica. Organizar, por exemplo, é uma palavra do império e ela contém Napoleão por inteiro.

– Tudo isso não me explica o que é uma *femme comme il faut* – exclamou o jovem polonês.

– Muito bem, eu vou lhe explicar – respondeu Émile Blondet ao conde Adam. – Num dia bonito o senhor passeia por Paris. São mais de duas horas, mas as cinco ainda não soaram. O senhor vê caminhando em sua direção uma mulher, o primeiro olhar lançado sobre ela é como o prefácio de um belo livro, ele lhe faz pressentir um mundo de coisas elegantes e finas. Como o botânico a atravessar montes e vales arborizados, em meio às vulgaridades parisienses o senhor encontra por fim uma flor rara. Ou essa mulher está acompanhada por dois homens muito distintos, dos quais pelo menos um é condecorado, ou algum criado sem libré a segue

---

34. Adam Laginski: personagem fictício, protagonista de *Uma filha de Eva*. (N.T.)

a dez passos de distância. Ela não veste cores berrantes, nem meias que chamem a atenção, nem a fivela de seu cinto é muito trabalhada, nem tem calças de barras bordadas agitando-se em volta dos tornozelos. O senhor nota seus pés calçados com botinas rendilhadas em seda que recobrem meias de algodão de uma finura extrema ou então meias de seda de cor cinzenta, ou ainda eles calçam borzeguins da mais requintada simplicidade. Um tecido deveras bonito e de preço medíocre chama sua atenção para o vestido, cujo modelo surpreende a mais de uma burguesa: é quase sempre um casaco três-quartos apertado por fitas e delicadamente bordado com uma presilha ou fio imperceptível. A desconhecida tem uma maneira toda sua de se enrolar num xale ou numa mantilha; ela sabe como prendê-los dos quadris ao pescoço, desenhando uma espécie de carapaça que transformaria uma burguesa numa tartaruga, mas sob a qual ela sugere as mais belas formas, ao escondê-las. De que maneira? Esse segredo ela guarda sem estar protegida por nenhuma patente de invenção. Entrega-se enquanto caminha a um certo movimento concêntrico e harmonioso que faz ondular sob o tecido sua forma suave ou perigosa, como a cobra ao meio-dia sob a gaze verde de sua erva fremente. Deve ela a um anjo ou a um demônio essa ondulação graciosa que se desenrola sob a longa capa de seda negra que agita a renda dos bordos disseminando no ar um bálsamo a que eu chamaria com satisfação de brisa da parisiense? O senhor reconhecerá nos braços, no busto, ao redor do pescoço, uma ciência das pregas que domina com arte o mais rebelde tecido, de modo a lhe recordar a

Mnemósine[35] antiga. Ah, como ela domina, permita-me essa expressão, "o ritmo da caminhada!". Examine bem essa maneira de avançar o pé, moldando o vestido com uma precisão tão decente que desperta nos passantes uma admiração mesclada de desejo, mas restringida por um profundo respeito. Quando uma inglesa tenta andar de tal modo, tem o ar de um granadeiro que avança para tomar uma fortificação. À mulher de Paris, conceda-se o dom da caminhada. Por isso mesmo a municipalidade lhe devia o asfalto das calçadas. Essa desconhecida não esbarra em ninguém. Para passar, espera com uma orgulhosa modéstia que lhe abram passagem. A distinção particular das mulheres bem-educadas se trai sobretudo na maneira como ela mantém o xale ou a mantilha cruzados sobre o peito. Possui, enquanto caminha, um arzinho digno e sereno, como as madonas de Rafael em seus quadros. Sua atitude, ao mesmo tempo tranquila e desdenhosa, obriga até o mais insolente dos dândis a lhe dar passagem. O chapéu, de uma simplicidade notável, possui fitas novas. Talvez tenha flores, mas os das mais hábeis dessas mulheres têm apenas laços. A pluma exige a carruagem, as flores atraem mais o olhar. Sob essa cobertura vê-se a figura fresca e repousada de uma mulher segura de si, sem fatuidade, que nada vê e tudo vê, cuja vaidade embotada por uma contínua satisfação expande sobre sua fisionomia uma indiferença que desperta a curiosidade. Ela sabe que a estudam, sabe que quase todos, incluindo as mulheres, voltam-se para vê-la passar.

---

35. Mnemósine: figura mitológica, filha de Urano, deusa da memória, mãe das musas. (N.T.)

Desse modo atravessa Paris como um fio da Virgem, branca e pura. Esse belo exemplar é adepto das latitudes mais quentes, as longitudes mais próprias de Paris. O senhor a encontrará entre a décima e a 110ª arcada da Rue de Rivoli, sob a linha dos bulevares, desde o equador dos Panoramas[36] onde florescem as produções das Índias, onde desabrocham as mais quentes criações da indústria, até o cabo da Madeleine; nos recantos menos imundos da burguesia, entre os números 30 e 50 do Faubourg-Saint Honoré. Durante o inverno, ela se deleita sobre o terraço dos Feuillants[37], jamais sobre a calçada de asfalto que a margeia. Conforme o tempo, ela voa pela alameda dos Champs-Élysées, limitada a leste pela praça Louis XV, a oeste pela Avenue de Marigny, ao sul pela calçada, ao norte pelos jardins do Faubourg Saint-Honoré. Jamais o senhor encontrará essa bela variedade de mulher nas regiões hiperbóreas da Rue Saint-Denis, jamais na Kamchatka[38] das ruas lodosas, pequenas ou comerciais; jamais em qualquer lugar nos dias de mau tempo. Essas flores de Paris desabrocham num clima oriental, perfumam os pas-

---

36. Equador dos Panoramas: referência à Galeria dos Panoramas, que ligava o Boulevard Montmartre a ruas próximas. A ela foram acrescidas outras galerias no início do século XIX. Era local elegante, com lojas e confeitarias. (N.T.)

37. Terraço dos Feuillants: terraço situado no jardim das Tulherias. (N.T.)

38. Kamchatka: nome de uma desolada península da Rússia asiática; serve no texto como metáfora de um bairro decrépito e abandonado. (N.T.)

seios e, passadas as cinco horas, encolhem-se como as boninas. As mulheres que verá mais tarde tendo um pouco o ar das primeiras, tentando imitá-las, são as *femme comme il en faut*[39], ao passo que a bela desconhecida, a sua Beatriz da jornada daquele dia, é a *femme comme il faut*. Não é fácil para os estrangeiros, caro conde, identificar as diferenças pelas quais os observadores eméritos as distinguem, de tanto que a mulher é atriz, mas elas saltam aos olhos dos parisienses: são os colchetes mal dissimulados, os cordões que exibem, através de uma fenda entreaberta, o seu entrelaçar de um branco ruço nas costas do vestido, os sapatos arranhados, as fitas de chapéu passadas a ferro, um vestido excessivamente bufante, uma postura demasiadamente engomada. Pode-se observar uma espécie de esforço no premeditado baixar de pálpebras. A pose é convencional. Quanto à burguesa, é impossível confundi-la com a *femme comme il faut*; aquela faz com que esta se sobressaia admiravelmente, explica o encanto que a desconhecida deixou no senhor. A burguesa está sempre ocupada, sai não importa o tempo que faça, apressa-se, vai, vem, olha, não sabe se entra ou não entra numa loja. Ao passo que a *femme comme il faut* sabe bem o que quer e o que faz, a burguesa é indecisa, arrepanha o vestido para atravessar um córrego, arrasta consigo um filho que a obriga a olhar os veículos; ela é mãe em público e conversa com a filha; leva dinheiro na sua bolsa e usa nos pés meias transparentes; no inverno usa

---

39. *Femmes comme il en faut*: trocadilho intraduzível com *femmes comme il faut* ("mulheres como elas devem ser"), significando "mulheres como elas deveriam ser". (N.T.)

um boá por sobre o casaco de pele, no verão, um xale e uma echarpe; a burguesa domina admiravelmente os pleonasmos da toalete. O senhor tornará a encontrar a sua bela passante no Italiens, na Ópera, num baile. Ela se apresenta então sob um aspecto tão diferente que o senhor diria se tratar de duas criações sem nenhuma analogia. A mulher saiu de suas vestes misteriosas como uma borboleta de sua larva sedosa. Ela serve a seus olhos encantados, como uma guloseima, as formas que pela manhã seu corpete apenas modelava. No teatro, não fica acima dos camarotes do segundo andar, exceto no Italiens. O senhor poderá então estudar à vontade a sábia lentidão de seus movimentos. A adorável mistificadora usa os pequenos artifícios políticos da mulher com uma naturalidade que exclui toda ideia de arte e premeditação. Se ela tiver uma mão bela como a de uma rainha, as pessoas mais refinadas acreditarão ser absolutamente necessário que ela se ocupe em enrolar, erguer e afastar seus *ringlets*[40] ou os cachos que acaricia. Se seu perfil possui algum esplendor, vai lhe parecer que ela adiciona ironia ou graça ao que diz ao vizinho, enquanto se coloca de maneira a produzir esse mágico efeito de perfil perdido, tão do agrado dos grandes pintores, que atrai luz para a sua face, que desenha o nariz com uma linha nítida, que ilumina o rosado das narinas, corta a testa numa aresta precisa, expõe ao olhar sua palheta de fogo, embora dirigida ao vazio, e que marca com um traço de luz a brancura arredondada do queixo. Se ela possui um belo pé, vai se jogar sobre um divã com o coquetismo de uma gata ao sol, os pés

---

40. *Ringlets*: em inglês, anéis de cabelo. (N.T.)

espichados, sem que se possa encontrar em sua atitude outra coisa senão o mais delicioso modelo já dado pela preguiça à estatuária. Ninguém como a *femme comme il faut* para estar à vontade dentro de suas vestes; nada a incomoda. O senhor jamais a surpreenderá, como a uma burguesa, a arrumar uma ombreira recalcitrante, a fazer baixar uma barbatana insubordinada, a observar se o corselete realiza seu ofício de guardião infiel em torno de dois tesouros cintilantes de brancura, a se olhar nos espelhos para saber se o penteado se conserva na sua posição. Sua toalete está sempre em harmonia com seu caráter, ela teve tempo para se estudar, para decidir o que lhe fica bem, porque sabe há muito tempo o que não lhe fica bem. O senhor não a verá à saída, ela desaparece antes do fim do espetáculo. Se por acaso se mostra, calma e nobre, sobre os degraus vermelhos da escadaria, experimenta então sentimentos violentos. Está lá de propósito, tem algum olhar furtivo a dar, alguma promessa a receber. Talvez desça assim tão lentamente para satisfazer a vaidade de um escravo ao qual ela às vezes obedece. Se o encontro com ela se dá num baile ou numa recepção, o senhor recolherá o mel afetado ou natural de sua voz astuciosa; ficará encantado de sua palavra vazia, mas à qual ela saberá comunicar o valor do pensamento por uma maneira de se conduzir inimitável.

– É necessário talento para ser uma *femme comme il faut*? – perguntou o conde polonês.

– É impossível ser uma sem ter muito bom gosto – respondeu a senhora d'Espard.

– E na França ter bom gosto vale mais do que ter talento – disse o russo.

— O talento dessa mulher é a vitória de uma arte inteiramente plástica — continuou Blondet. — O senhor não entenderá o que ela terá dito, mas ficará encantado. Ela terá meneado a cabeça, ou erguido gentilmente os ombros alvos, terá dourado uma frase insignificante com o sorriso de um beicinho atraente, ou terá encerrado o epigrama de Voltaire num *hein!*, num *ah!* e num *e portanto!* Um gesto de cabeça será a sua interrogação mais ativa; dará significado ao movimento pelo qual ela faz dançar o recipiente de perfume preso ao dedo por um anel. São grandezas artificiais conseguidas por meio de insignificâncias superlativas; deixa tombar nobremente a mão apoiando-a no braço da poltrona como gotas de orvalho nas bordas de uma flor, e tudo está dito, ela acaba de emitir um julgamento inapelável capaz de emocionar até o mais insensível. Ela soube lhe escutar, ela lhe proporcionou a oportunidade de ser inteligente e, aqui apelo à sua modéstia, esses momentos são raros.

O ar ingênuo do jovem polonês a quem Blondet se dirigia fez eclodir uma gargalhada entre todos os convidados.

— O senhor não conversa meia hora com uma burguesa sem que ela, sob qualquer pretexto, traga à baila o marido — prosseguiu Blondet, que nada perdera de sua gravidade. — Mas se o senhor sabe que a *femme comme il faut* com quem fala é casada, ela tem a delicadeza de dissimular tão bem a existência de seu marido que lhe dará um trabalho de Cristóvão Colombo para descobri-lo. Muitas vezes não conseguirá isso sozinho. Se o senhor não teve oportunidade de inquirir alguém, ao fim da noitada a surpreenderá a olhar fixamente um homem condecorado de idade indefinida, que baixa a cabeça e sai. Ela pediu sua carruagem e parte. O senhor não é o eleito, mas desfrutou de sua proximidade; e o senhor se instala sob os lambris dourados de um delicioso sonho que prosseguirá talvez depois que o sono tenha, com seus dedos pesados, aberto as portas de marfim do templo das fantasias. Nenhuma *femme comme il faut* é visível em sua casa antes de quatro horas, quando ela recebe. É sábia o suficiente para lhe fazer sempre esperar. O senhor descobrirá que tudo em sua casa é de bom gosto, o luxo se mostra em todas as oportunidades e se renova a cada vez; não se verá nada sob redomas de vidro, tampouco sacos pendurados contendo víveres, como se fossem guarda-comidas. O senhor encontrará calor já na escada. Por toda parte as flores lhe alegrarão os olhos; as flores, eis o único presente que ela aceita, e somente de algumas pessoas; os buquês não vivem mais que um dia, fornecem prazer e pedem para ser renovados; eles são para ela, como no Oriente, um símbolo, uma promessa. As valiosas bagatelas da moda são exibidas, mas sem visar a se constituírem em museus ou butique de curiosidades. O senhor a surpreenderá ao pé do fogo, sentada em sua poltrona, de onde o saudará sem se levantar. Sua conversação já não será a mesma do baile. Lá fora ela era sua credora, em sua casa seu espírito lhe deve prazeres. A *femme comme il faut* é dona dessas nuances, de maneira maravilhosa. Ela aprecia no senhor o homem que vai engrossar o seu círculo, e isso é o objeto dos cuidados e inquietudes a que se entregam hoje as *femmes comme il faut*. Desse modo, para que o senhor passe a fazer parte de seu salão, ela se mostrará de um coquetismo encantador. O senhor sente por aí o quanto as mulheres estão hoje isoladas, porque desejam ser donas de um pequeno mundo no qual sirvam de constelação. Sem generalidades, a conversação é impossível.

– Sim – disse De Marsay –, você percebe bem o defeito de nossa época. O dito mordaz, esse livro numa única palavra, não recai mais, como durante o século XVIII, nem sobre as pessoas nem sobre as coisas, mas sobre os acontecimentos mesquinhos, e morre no decorrer do dia.

– Da mesma maneira, o espírito da *femme comme il faut*, quando ela o possui – replicou Blondet –, consiste em pôr tudo em dúvida, da mesma forma que o da burguesa consiste em tudo afirmar. Aí está a grande diferença entre essas duas mulheres: a burguesa possui com certeza a virtude, a *femme comme il faut* não sabe se ainda a tem ou se a terá sempre; ela hesita e resiste nas ocasiões em que a outra recusa de maneira clara para depois ceder por inteiro. Essa hesitação a respeito de tudo é uma das últimas graças que lhe deixou nossa horrível época. Ela raramente vai à igreja, mas falará de religião e desejará lhe converter se o senhor tiver o bom gosto de bancar o espírito forte, já que assim lhe terá aberto um caminho para as frases estereotipadas, para os meneios de cabeça e os gestos convencionados entre todas as mulheres: "Ah, que horror! Eu lhe acreditava inteligente demais para atacar a religião! A sociedade desmorona se o senhor lhe tirar as fundações. Mas a religião neste momento é o senhor e eu, é a propriedade, é o futuro de nossos filhos. Ah, não sejamos egoístas. O individualismo é a doença de nossa época, e a religião é o único remédio para isso, ela une as famílias que as leis desunem" et cetera e tal. Inicia então um discurso neocristão, salpicado de ideias políticas, que não é nem católico e nem protestante, mas moral, ah, diabolicamente moral, e nele o senhor reconhece um pedaço de cada pano tecido pelo entrechoque das doutrinas modernas.

As mulheres não puderam se impedir de rir dos trejeitos pelos quais Émile ilustrava suas zombarias.

– Esse discurso, caro conde Adam – disse Blondet olhando para o polonês –, mostrará que a *femme comme il faut* não representa menos a confusão intelectual do que a confusão política, da mesma forma que ela se rodeia de brilhantes e pouco sólidos produtos de uma indústria que pensa sem cessar em destruir suas obras para substituí-las. O senhor deixará a casa dela dizendo a si mesmo: "Ela decididamente tem ideias superiores!", acreditará nisso, tanto mais pelo fato de que ela terá sondado seu coração e seu espírito com mão delicada, terá inquirido seus segredos; porque a *femme comme il faut* parece tudo ignorar para tudo aprender; há coisas que jamais sabe, mesmo quando sabe delas. Somente o senhor é que ficará inquieto, ignorará o estado do coração dela. Antigamente as grandes damas amavam com cartazes, jornal à mão e anúncios; hoje a *femme comme il faut* tem a sua pequena paixão regulada como uma pauta musical, com suas colcheias, mínimas, semínimas, suas pausas, suspensões e sustenidos. Mulher frágil, ela não quer comprometer nem seu amor, nem seu marido, nem o futuro dos filhos. Hoje, o nome, a posição, a fortuna não são mais bandeiras suficientemente respeitadas para cobrirem todas as mercadorias a bordo. A aristocracia em peso não mais se levanta para servir de trincheira a uma mulher que errou. A *femme comme il faut*, portanto, não mais tem, como a grande dama de antigamente, estatura para as grandes lutas, ela nada pode esmagar sob o pé, ela é que seria esmagada. Desse modo, é a mulher dos jesuíticos *mezzo termine*[41], dos mais equívocos temperamentos, das conveniências resguardadas, das paixões anônimas conduzidas por entre margens escarpadas. Ela teme seus criados do mesmo modo que uma inglesa tem sempre em perspectiva o processo por adultério. Essa mulher tão livre no baile, tão bonita em seu passeio, é escrava em casa; só tem independência a portas fechadas ou nas ideias. Ela quer permanecer uma *femme comme il faut*. Está aí o seu problema. Ora, hoje, a mulher deixada pelo marido, reduzida a uma magra pensão, sem carruagem, sem luxo, sem camarotes, sem os divinos acessórios da toalete, não é mais mulher, nem cortesã, nem burguesa; dissolve-se e torna-se uma coisa. As carmelitas não querem saber de uma mulher casada, haveria bigamia; seu amante vai querê-la para sempre? Eis a questão. A *femme comme il faut* pode ensejar quem sabe a calúnia, jamais a maledicência.

– Tudo isso é horrivelmente verdadeiro! – exclamou a princesa de Cadignan.

– Por isso a *femme comme il faut* – prosseguiu Blondet – vive entre a hipocrisia inglesa e a graciosa franqueza do século XVIII, sistema bastardo que

---

41. *Mezzo termine*: em italiano, meios-termos. (N.T.)

denuncia um tempo em que nada do que acontece se parece com aquilo que se sucede, onde as transições não levam a nada, onde existem apenas nuances, onde as grandes figuras se apagam, onde as distinções são puramente pessoais. Em minha convicção, é impossível que uma mulher, ainda que nascida nas proximidades do trono, adquira antes dos 25 anos a ciência enciclopédica dos nadas, o entendimento dos arranjos, das grandes pequenas coisas, as músicas da voz e a harmonia das cores, as diabruras angelicais e as astúcias inocentes, a linguagem e o mutismo, a seriedade e as brincadeiras, o brilhantismo e estupidez, a diplomacia e a ignorância que constituem a *femme comme il faut*.

— Dentro desse programa que acaba de traçar — disse a senhorita des Touches a Émile Blondet —, como o senhor classificaria a mulher escritora? Ela é uma *femme comme il faut*?

— Quando ela não tem talento é uma *femme comme il n'en faut pas*[42] — respondeu Émile Blondet, acompanhando sua resposta com um olhar fino que poderia passar por um elogio endereçado francamente a Camille Maupin.

E acrescentou:

— Essa opinião não é minha, é de Napoleão.

— Ah, não queiram mal a Napoleão — disse Canalis, deixando escapar um gesto enfático. — Essa foi uma de suas mesquinharias por ciúmes do talento literário; porque ele era capaz de mesquinharias. Quem jamais poderá explicar, pintar ou compreender Napoleão?

---

42. *Femme comme il n'en faut pas*: mais um trocadilho de Balzac: "Uma mulher como não é para ser". (N.T.)

Um homem que representam de braços cruzados e que fez de tudo! Que representou o mais belo poder que se conhece, o mais concentrado, o mais mordaz, o mais ácido de todos os poderes; talento singular que levou a toda parte a civilização armada, sem fixá-la em lugar algum; um homem que tudo podia fazer porque tudo queria; prodigioso fenômeno de vontade, capaz de superar uma doença por causa de uma batalha e que, no entanto, haveria de morrer de doença em seu leito, após ter vivido no meio das balas e obuses; um homem que tinha na cabeça o código e a espada, a palavra e a ação; espírito perspicaz que tudo adivinhou, exceto sua queda; político estranho que manejava os homens aos punhados por economia e que respeitou três cabeças: as de Talleyrand, de Pozzo di Borgo[43] e de Metternich, diplomatas cujas mortes teriam salvado o império francês mas que lhe pareceram pesar mais do que milhares de soldados; homem ao qual a natureza, por um raro privilégio, permitiu um coração num corpo de bronze; homem bom e brincalhão à meia-noite entre as mulheres e, pela manhã, manipulando a Europa como uma mocinha se divertiria a bater na água do seu banho! Hipócrita e generoso, amante das lantejoulas e das coisas simples, sem nenhum gosto e protetor das artes; apesar de todas essas antíteses, grande em tudo por instinto e por constituição. César aos 25 anos, Cromwell[44] aos trinta;

---

43. Carlo-Andrea, conde de Pozzo di Borgo (1764-1842). Diplomata russo de origem corsa e inimigo de Napoleão Bonaparte. (N.E.)

44. Oliver Cromwell (1599-1658). lorde, líder militar e político, protetor da Inglaterra, Escócia e Irlanda. (N.E.)

depois, como um merceeiro do Père Lachaise[45], bom pai e bom esposo. Enfim, ele improvisou monumentos, impérios, reis, códigos, versos, um romance, e tudo com mais alcance do que exatidão. Não quis ele transformar a Europa na França? E, após nos ter feito pesar sobre a terra de maneira a mudar as leis da gravidade, nos deixou mais pobres do que no dia em que pôs a mão sobre nós. E ele, que havia colocado um império sob seu nome, perdeu o nome na fronteira desse império, num mar de sangue e de soldados. Homem que, todo ele pensamento e ação, compreendia Desaix[46] e Fouché[47]!

– Todo arbitrariedade e todo justiça no momento certo, o verdadeiro rei! – disse De Marsay.

– Ah, que prazerrr que é ouvirr as senhorres – disse o barão de Nucingen.

– Mas acredita o senhor que o que lhe servimos seja uma coisa corriqueira? – disse Joseph Bridau. – Se fosse necessário pagar pelos prazeres da conversação como o senhor paga pelos da dança e da música, sua fortuna não seria suficiente! Não existem duas versões para um mesmo brilho de espírito.

---

45. Père Lachaise: famoso cemitério parisiense e a região da cidade onde este se situa. (N.T.)

46. Desaix: Louis Desaix de Veygoux (1768-1800), general do exército napoleônico conhecido por sua generosidade, morreu na famosa batalha de Marengo, uma das maiores vitórias de Napoleão. (N.T.)

47. Fouché: Joseph Fouché (1759-1820), intrigante e corrupto chefe de polícia de Napoleão, a quem traiu depois dos Cem Dias. (N.T.)

— Estaremos nós de fato tão diminuídas como julgam esses senhores? – perguntou a princesa de Cadignan, dirigindo às mulheres um sorriso ao mesmo tempo debochado e de dúvida. – Pelo fato de que hoje, sob um regime que tudo apequena, os senhores amam os pequenos pratos, os pequenos apartamentos, os pequenos quadros, os pequenos artigos, os pequenos jornais, os pequenos livros, isso quer dizer que as mulheres serão também menos grandiosas? Por que motivo o coração humano mudaria, só porque os senhores mudam de hábito? Em todas as épocas as paixões serão as mesmas. Sei de devotamentos admiráveis, de sublimes sofrimentos a que faltam a publicidade, a glória se preferirem, que outrora ilustrava os erros de algumas mulheres. Mas por não ter se podido salvar um rei de França não se é menos Agnès Sorel.[48] Acreditam os senhores que nossa querida marquesa d'Espard não valha tanto quanto a senhora Doublet[49] ou a senhora Du Deffand[50], em cuja casa se dizia e se fazia tanto mal? Taglioni[51] não vale

---

48. Agnès Sorel (1422-1450): amante de Charles VII, influenciou o rei em medidas benéficas para a França. (N.T.)

49. Madame Doublet (1687-1771): dona de um salão frequentado por literatos. A cada sarau, cada um deles tinha de contar uma história, que ela transcrevia num caderno, que publicava periodicamente com o título de *Nouvelles à la main*. (N.T.)

50. Madame du Deffand (1697-1780): marquesa amiga de Voltaire, culta e espirituosa. (N.T.)

51. Taglioni: Marie Taglioni (1804-1884), famosa bailarina. (N.T.)

tanto quanto Camargo?[52] Malibran[53] não equivale a Saint-Huberty?[54] Não são nossos poetas superiores aos do século XVIII? Se, neste momento, por equívoco dos merceeiros que nos governam, não temos um estilo de vida nosso, não teve o império a sua marca registrada do mesmo modo que o século de Louis XV, e seu esplendor não foi fabuloso? As ciências tiveram alguma perda?

– Compartilho de sua opinião, minha senhora, as mulheres dessa época são verdadeiramente geniais – respondeu o general de Montriveau.[55] – Quando formos posteridade, não terá a senhora de Récamier proporções tão grandes quanto às das mulheres mais belas dos tempos passados? Temos feito tanta história que vão faltar historiadores! O século de Louis XIV teve apenas uma madame de Sévigné[56], nós hoje temos em Paris mil que, com certeza, escrevem melhor do que ela e que não publicam suas cartas. Chame-se a mulher francesa de *femme comme il faut* ou de "grande dama", ela será sempre a mulher por excelência. Émile Blondet nos pintou um quadro dos atrativos da mulher de hoje; mas, em caso de necessidade, essa mulher que requebra,

---

52. Camargo: Marie-Anne de Camargo (1710-1770), outra bailarina de destaque. (N.T.)

53. Malibran: ver nota 22, à página 48. (N.T.)

54. Saint-Huberty (1756-1812): famosa cantora. (N.T.)

55. Marquês de Montriveau: personagem fictício, protagonista de *História dos treze*. (N.T.)

56. Marquesa de Sévigné (1626-1696): tornou-se célebre na literatura francesa pelas cartas escritas à filha, residente na província, em que descrevia de maneira crítica e bem-humorada a vida na Corte. (N.T.)

que se exibe, que papagueia as ideias do senhor tal ou qual seria uma heroína! E, devemos dizer, os seus erros, minhas senhoras, são tanto mais poéticos na medida em que estarão, para sempre e o tempo todo, rodeados dos maiores perigos. Já vi muito do mundo, talvez o tenha observado tarde demais; mas, nas circunstâncias em que a ilegalidade de seus sentimentos podia ser desculpada, observei sempre os efeitos de não sei qual acaso, que as senhoras poderão chamar de providência, esmagando fatalmente aquelas que chamamos de mulheres levianas.

– Espero – disse a senhora de Vandenesse[57] – que possamos ser grandes de uma outra maneira...

– Ah, deixe o marquês de Montriveau nos fazer sermão – exclamou a senhora d'Espard.

– Tanto mais que ele pregou bastante por meio do seu exemplo – disse a baronesa de Nucingen.

– Palavra de honra – continuou o general –, entre todos os dramas, já que os senhores abusam dessa palavra – disse, olhando para Blondet –, em que o dedo de Deus se mostrou, o mais assustador de todos que vi foi quase obra minha ...

– É mesmo? Conte isso para nós – exclamou lady Barimore. – Adoro sentir medo.

– É um gosto de mulher virtuosa – replicou De Marsay, olhando para a encantadora filha de lorde Dudley.

---

57. Madame de Vandenesse: personagem fictício que mantém um romance com Raul Nathan em *Uma filha de Eva*. (N.T.)

— Durante a campanha militar de 1812 — disse então o general Montriveau —, fui a causa involuntária de uma desgraça terrível que lhe poderá ser de utilidade, dr. Bianchon[58], o senhor — disse ele me olhando — que se ocupa tanto do espírito humano, ao mesmo tempo que do corpo, para resolver alguns de seus problemas relacionados com a vontade. Eu participava de minha segunda campanha militar, amava o perigo e ria de tudo, como jovem e ingênuo tenente de artilharia que era! Quando chegamos ao Berezina[59], o exército, como se sabe, não mais tinha disciplina e não mais conhecia a obediência militar. Era uma cambada de homens de tudo quanto era país, que se dirigia instintivamente do norte para o sul. Os soldados expulsavam de junto de suas fogueiras um general em farrapos e de pés nus, se ele não fosse capaz de lhes fornecer lenha ou víveres. Após a travessia daquele célebre rio, a desordem não se tornou menor. Eu acabava de emergir tranquilamente, sozinho, sem alimentos, dos pântanos de Zembin e estava à procura de uma casa onde pudessem me receber bem. Não a encontrando, ou sendo enxotado daquelas que encontrei, percebi felizmente, ao entardecer, uma decrépita fazendinha da Polônia, de que ninguém lhes seria capaz de dar uma ideia, a menos que os se-

---

58. Horace Bianchon. Personagem fictício de *A comédia humana*, nascido em 1797. Ilustre médico, aparece em inúmeras obras de Balzac, entre as quais *O pai Goriot* e *Estudo de mulher*. (N.E.)

59. Berezina: rio da Rússia, afluente do Dnieper. O destroçado exército napoleônico o atravessou em fuga caótica, em 1812. (N.T.)

nhores já tenham visto as casas de madeira da baixa Normandia ou as mais pobres granjas da Beauce. Essas habitações consistem de uma única peça separada em um dos lados por um tabique de madeira, sendo que a parte menor serve de depósito de forragem. A obscuridade do crepúsculo ainda me permitiu ver de longe uma leve fumaça que escapava daquela casa. Esperando aí encontrar companheiros mais generosos do que aqueles aos quais até então me dirigira, caminhei corajosamente em direção à granja. Ao entrar, encontrei a mesa posta. Vários oficiais, entre os quais havia uma mulher, espetáculo muito comum, comiam batatas, carne de cavalo grelhada na brasa e beterrabas geladas. Reconheci entre os presentes dois ou três capitães de artilharia do primeiro regimento, no qual eu havia servido. Fui acolhido com um hurra e aclamações que muito me teriam espantado na outra margem do Berezina; mas nesse momento, o frio era menos intenso, meus camaradas descansavam, havia calor, eles comiam, e a sala juncada de feixes de palha lhes oferecia a perspectiva de uma noite de delícias. Nós não exigíamos muito naquela ocasião. Os camaradas podiam ser filantropos sem nada despender, uma das maneiras mais comuns de ser filantropo. Eu me pus a comer, sentado num feixe de palha. Na extremidade da mesa, do lado da porta que dava para o cubículo cheio de palha e feno, estava meu velho coronel, um dos homens mais extraordinários que tive oportunidade de conhecer, considerando-se todos os agrupamentos de homens que me foi dado ver. Era italiano. Ora, toda vez que a natureza humana é bela nas regiões meridionais, ela se torna sublime. Não sei se já repararam na extraordinária brancura dos italianos, quando eles são brancos. Ela é magnífica, sobretudo na claridade. Quando li o magnífico retrato que Charles Nodier nos traçou do coronel Oudet[60], reencontrei minhas próprias sensações em cada uma de suas frases elegantes. Italiano, como a maior parte dos oficiais que compunham seu regimento, requisitado, de resto, pelo imperador ao exército de Eugène[61], meu coronel era um homem de grande estatura; admiravelmente proporcionado, um pouco gordo talvez, mas de um vigor prodigioso e ágil, bem-proporcionado como um caçador de lebres. Seus cabelos negros, encaracolados e fartos, acentuavam sua tez branca como a de uma mulher; tinha mãos pequenas, um pé bonito, boca graciosa; o nariz aquilino, de linhas suaves e cuja extremidade se erguia naturalmente, branquejava quando ele se encolerizava, o que acontecia com frequência. Sua irritabilidade ia tão além do que se pode acreditar, que nem lhes falarei nela; poderão julgar por si mesmos. Ninguém ficava calmo perto dele. Só eu talvez não o temia; ele me havia adotado, é verdade, numa amizade tão singular que tudo o que eu fazia ele achava que estava bom. Quando a cólera se apossava dele, a fronte se crispava e seus músculos desenhavam no meio da testa um delta ou, melhor dizendo, a

---

60. Coronel Oudet: personagem real, oficial do exército francês. (N.T.)

61. Eugène: referência a Eugène de Beauharnais (1781-1824), enteado de Napoleão, filho do primeiro casamento da imperatriz Josephine, nomeado, em 1805, vice-rei da Itália. (N.T.)

ferradura de Redgauntlet.⁶² Esse sinal atemorizava talvez mais do que as cintilações magnéticas de seus olhos azuis. Todo seu corpo então estremecia, e sua força, já tão grande em estado normal, tornava-se quase ilimitada. Os erres se faziam mais rascantes. Sua voz, pelo menos tão potente quanto a do Oudet de Charles Nodier⁶³, projetava uma incrível riqueza de som na sílaba ou na consoante sobre a qual recaía aquele erre. Se esse vício de pronúncia era engraçado nele em alguns momentos, os senhores não podem imaginar quanto poder exprimia essa acentuação, tão vulgar em Paris, quando ele comandava a manobra ou estava emocionado. É preciso tê-lo ouvido. Quando o coronel estava tranquilo, seus olhos azuis expressavam uma doçura angelical, e seu rosto puro adquiria uma expressão cheia de encanto. Durante uma competição, nenhum homem do exército da Itália era capaz de lutar com ele. Afinal de contas, D'Orsay ele próprio, o belo D'Orsay⁶⁴, foi vencido por nosso coronel, por ocasião da última revista passada por Napoleão antes de entrar na Rússia. Tudo estava em contradição nesse homem privilegiado. A paixão vive por meio de contrastes. Assim, não me perguntem se ele exercia sobre as mulheres essas irresistíveis influências às quais a sua natureza (o general ao falar olhava a princesa de Cadignan) se dobra como

---

62. Redgauntlet: protagonista do romance histórico de Walter Scott de mesmo nome. (N.T.)

63. Jean-Charles-Emmanuel Nodier (1780-1844). Escritor francês do início do movimento romântico. (N.E.)

64. D'Orsay: conde Alfred d'Orsay (1801-1852), considerado um símbolo de elegância. (N.T.)

a matéria do vidro sob o tubo do soprador; mas, por singular fatalidade, qualquer observador se daria conta talvez desse fenômeno, o coronel era de poucas conquistas, ou não se interessava em tê-las. Para lhes dar uma ideia de sua violência, direi em duas palavras o que o vi fazer num paroxismo de cólera. Subíamos com nossos canhões por uma trilha muito estreita, margeada de um lado por um barranco muito alto e, do outro, por bosques. No meio do caminho, demos de frente com outro regimento de artilharia, à frente do qual marchava seu coronel. Esse coronel quis fazer retroceder o capitão de nosso regimento que se encontrava à testa da primeira bateria. Naturalmente nosso capitão se recusou a isso; mas o coronel fez sinal para que a sua primeira bateria avançasse e, apesar do cuidado que o condutor pôs ao empurrar o primeiro canhão em direção ao bosque, a roda atingiu a perna direita de nosso capitão e a quebrou ao meio, jogando-o do outro lado de seu cavalo. Tudo se passa num instante. Nosso coronel, que se encontrava a curta distância, adivinha a disputa, acorre a todo galope, passando por entre as peças de fogo e o bosque, com risco de cair da sela, e chega ao local, diante do outro coronel, no momento em que nosso capitão gritava: "Ajudem-me!", ainda no ato de cair. Não, nosso coronel italiano não era mais um homem! Uma espuma semelhante a champanhe lhe fervia na boca e ele rugia como um leão. Incapaz de pronunciar uma palavra, sequer de emitir um grito, fez um sinal assustador a seu antagonista, apontando para o bosque e puxando a espada. Os dois coronéis lá entraram. Demorou dois segundos para vermos o adversário de nosso coronel no chão, a cabeça partida ao meio. Os soldados desse regimento recuaram, ah, se não recuaram, e com que pressa! Esse capitão, que por pouco não mataram, e que gemia alto no lamaçal onde a roda do canhão o jogara, era casado com uma encantadora italiana de Messina que não se mostrava indiferente ao coronel. Essa circunstância aumentara a fúria deste. Sua proteção estendia-se ao marido, era de seu dever defendê-lo como ela o faria. Ora, na cabana do outro lado do Zembin onde recebi tão boa acolhida, o capitão encontrava-se diante de mim e sua mulher estava na outra extremidade da mesa, face a face com o coronel. Essa messinesa era uma mulher pequena chamada Rosina, bastante morena, mas que levava nos olhos negros e amendoados todos os ardores do sol da Sicília. Ela nessa ocasião estava num deplorável estado de magreza; tinha as faces cobertas de poeira como uma fruta exposta às intempéries de uma estrada movimentada. Esfarrapada, fatigada pelas marchas, os cabelos despenteados e colados uns aos outros sob um pedaço de xale amarrado como uma touca, ainda assim havia feminilidade nela; seus movimentos eram bonitos; sua boca rosa e delicada, seus dentes brancos, as formas do rosto, seu colo, atrativos que a miséria, o frio, a incúria não tinham podido desfigurar de todo, falavam ainda de amor a quem pudesse pensar em mulheres. Rosina além disso transparecia uma dessas naturezas frágeis na aparência, mas nervosas e plenas de vigor. O rosto do marido, fidalgo piemontês, denunciava uma bonomia zombeteira, se é possível se aliar essas duas palavras. Corajoso, culto, parecia ignorar a ligação existente entre sua mulher e o coronel havia cerca de três anos. Eu atribuía essa indiferença aos costumes italianos ou a algum segredo conjugal; mas havia na fisionomia desse homem um traço que me inspirava o tempo todo uma desconfiança involuntária. O lábio inferior, fino e muito móvel, se baixava nas duas extremidades, em vez de se erguer, o que me parecia denunciar um fundo de crueldade nesse caráter de aparência fleumática e preguiçosa. Os senhores podem bem imaginar que a conversação não era muito brilhante quando cheguei. Meus camaradas exaustos comiam em silêncio; naturalmente me fizeram algumas perguntas; e narramos uns aos outros nossos infortúnios, entremeando-os de reflexões sobre a campanha, sobre os generais, sobre seus erros, sobre os russos e o frio. Alguns momentos depois de minha chegada, o coronel, tendo terminado sua magra refeição, enxugou os bigodes, nos desejou boa noite, lançou seu olhar negro à italiana e se dirigiu a ela: "Rosina?". Depois, sem esperar pela resposta, foi se deitar no pequeno depósito de palha. O sentido da interpelação do coronel era fácil de perceber. De modo que a jovem deixou escapar um gesto indescritível, que retratava ao mesmo tempo a contrariedade que ela devia experimentar por ver sua submissão exposta sem qualquer respeito humano e a ofensa feita à sua dignidade de mulher, ou à de seu marido; mas houve ainda na crispação dos traços de seu rosto, na junção violenta de suas sobrancelhas, uma espécie de pressentimento: teve, quem sabe, um pressentimento de seu destino. Rosina permaneceu tranquilamente à mesa. Um instante mais tarde, provavelmente quando o coronel já estava deitado no seu leito de feno ou palha, ele repetiu: "Rosina?". O tom desse segundo chamado era ainda mais brutalmente interrogativo do que o anterior. O erre arrastado do coronel e o prolongamento que a língua italiana permite se dar às vogais e aos finais pintaram todo o despotismo, toda a impaciência, toda a vontade daquele homem. Rosina empalideceu, mas ergueu-se, passou por trás de nós e foi ao encontro do coronel. Todos os meus camaradas guardaram um profundo silêncio; mas eu, infelizmente, comecei a rir depois de ter olhado para todos, e meu riso se repetiu de boca em boca. "*Tu ridi?*"[65], perguntou o marido. "Perdão, meu camarada", respondi, recuperando a seriedade "confesso que errei e lhe peço mil perdões, mas se você não fica satisfeito com as desculpas que apresento, estou pronto a lhe dar satisfações." "Não é você que está errado, sou eu", retrucou friamente. Pouco depois nos deitamos na sala e logo caímos num sono profundo. De manhã, cada um, sem acordar seu vizinho, sem procurar um companheiro de viagem, pôs-se a caminho, de acordo com a sua fantasia, com essa espécie de egoísmo que fez da nossa derrota um dos mais horríveis dramas de caráter, de tristeza e de horror que já aconteceram sob o céu. No entanto, a setecentos ou oitocentos passos de nossa pousada, reencontramo-nos quase todos e prosseguimos juntos, como gansos conduzidos em bando pelo despotismo cego de uma criança. Uma mesma necessidade nos impulsionava. Chegados a um pequeno monte, de onde ainda se podia ver a granja onde havíamos passado a

---

65. *Tu ridi*: em italiano, "estás rindo?". (N.T.)

noite, ouvimos gritos que se assemelhavam a rugidos de leões no deserto, ao mugido dos touros; mas não, aquele clamor não se podia comparar a nada conhecido. Não obstante pudemos distinguir um frágil grito de mulher em meio àquele horrível e sinistro estertor. Voltamos-nos todos, tomados de não sei que sentimento de pavor; não mais vimos a casa, uma imensa fogueira tomara o seu lugar. A habitação, que fora barricada, estava em chamas. Turbilhões de fumaça, erguidos pelo vento, nos traziam os sons roucos e não sei que odor forte. A alguns passos de nós, caminhava o capitão, que vinha tranquilamente se juntar à nossa caravana; nós todos o contemplamos em silêncio, porque ninguém o ousou interrogar; mas ele, adivinhando nossa curiosidade, apontou o dedo indicador da mão direita para o próprio peito e, com a esquerda mostrando o incêndio, disse: "*Sono io!*".[66]

Prosseguimos a marcha sem lhe fazer uma única observação.

– Nada é mais terrível do que a revolta de um carneiro – disse De Marsay.

– Seria horrível irmos embora com essa imagem detestável na memória – disse a senhora de Portenduère.[67] – Vou sonhar com ela...

– E qual terá sido o castigo na primeira história que o senhor De Marsay contou? – perguntou sorrindo lorde Dudley.

– Quando os ingleses brincam, é porque seus floretes perderam o fio – disse Blondet.

---

66. *Sono io!*: em italiano, "sou eu!" ou "fui eu!". (N.T.)
67. Personagem fictício de *A comédia humana*. (N.E.)

– O senhor Bianchon é que pode nos dizer – respondeu De Marsay dirigindo-se a mim –, porque a viu morrer.

– Sim – eu disse –, e sua morte é uma das mais belas que conheço. Havíamos passado a noite, o duque e eu, à cabeceira da moribunda, cuja pneumonia, no último grau, não deixava qualquer esperança; ela recebera os sacramentos na véspera. O duque adormecera. A senhora duquesa, tendo acordado por volta das quatro da manhã, fez, sorrindo e da maneira mais tocante, um sinal amigável para me dizer que eu o deixasse dormir; e no entanto ela estava morrendo! Atingira uma magreza extraordinária, mas o rosto ainda conservava seus traços e formas verdadeiramente sublimes. A palidez fazia assemelhar sua pele à porcelana atrás da qual tivessem posto uma luz. Os olhos vivos e suas cores destacavam-se sobre essa tez penetrada de macia elegância, e sua fisionomia respirava uma imponente tranquilidade. Ela parecia lastimar o duque, e esse sentimento tinha sua origem numa ternura elevada que parecia não conhecer limites nas vizinhanças da morte. O silêncio era profundo. O quarto, docemente iluminado por uma lâmpada, tinha o aspecto de todos os quartos de doentes no momento da morte. Nesse momento o relógio soou. O duque acordou e desesperou-se por ter dormido. Não vi o gesto de impaciência pelo qual ele exprimia o desgosto por haver perdido a mulher de vista num dos últimos momentos que lhe eram concedidos; mas por certo uma outra pessoa que não a moribunda teria podido se enganar sobre seu significado. Homem de Estado, preocupado com os interesses da França, o duque tinha milhares dessas esquisitices aparentes que fazem as pessoas dotadas de gênio parecerem loucas, mas cuja explicação está na natureza refinada e nas exigências de seu espírito. Foi se sentar num sofá ao pé do leito de sua mulher e a olhou fixamente. A moribunda esticou um pouco a mão, pegou a do marido, apertou-a fracamente e, com voz doce mas comovida, disse-lhe: "Meu pobre amigo, quem vai te compreender agora?". Pouco depois morreu, olhando-o.

– As histórias que o doutor conta produzem impressões profundas – comentou o duque de Rhétoré.

– Mas doces – replicou a senhorita de Touches.

– Ah, senhora, tenho histórias terríveis no meu repertório – enfatizou o doutor. – Mas cada narrativa tem sua hora numa conversação, conforme esta bela frase proferida por Chamfort[68] e dirigida ao duque de Fronsac: "Existem dez garrafas de champanhe entre tua partida e o momento em que estamos".

– Mas são duas horas da manhã e a história de Rosina nos preparou para elas – disse a dona da casa.

– Conte, senhor Bianchon! – pediram de todos os lados.

A um gesto do complacente doutor, o silêncio reinou:

– A cerca de uma centena de passos de Vendôme, às margens do Loire – começou ele –, existe uma velha casa escura, encimada por tetos muito altos e tão completamente isolada que no entorno não existem curtumes malcheirosos nem albergues decrépitos, como se

---

68. Chamfort (1741-1794): escritor satírico, autor de *Máximas, caracteres e anedotas*. (N.T.)

podem ver nos arredores de quase todas as pequenas cidades. Diante dessa habitação existe um jardim que dá para o rio e onde os buxos antigamente podados agora formam aleias que crescem à vontade. Alguns salgueiros, brotados no Loire, cresceram rapidamente como uma sebe e meio que escondem a casa. As plantas que costumamos chamar de daninhas decoram com sua bela vegetação as margens do rio. As árvores frutíferas, negligenciadas há dez anos, não produzem mais, e seus rebentos formam matagais. As latadas parecem renques de árvores. As trilhas, outrora cobertas de cascalho, estão recobertas de beldroegas; mas para dizer a verdade, não existem mais vestígios dos caminhos. Do alto da montanha, em cujas encostas se dependuram as ruínas do velho castelo dos duques de Vendôme, único lugar de onde o olho é capaz de mergulhar naquele recanto, é possível imaginar que, numa época difícil de determinar, esse pedaço de terra era motivo de deleite para algum fidalgo dedicado ao cultivo de rosas, tulipas, de horticultura em uma palavra, mas sobretudo guloso de boas frutas. Pode-se notar um caramanchão, ou melhor, as ruínas de um caramanchão, sob as quais existe uma mesa ainda não inteiramente devorada pelo tempo. Diante do aspecto desse jardim que não mais existe, é possível adivinhar as alegrias negativas da vida pacífica que se desfruta na província, do mesmo modo que se adivinha a vida de um bom comerciante pela leitura do epitáfio de sua tumba. Para completar as ideias tristes e doces que se apoderam da alma, um dos muros oferece um quadrante solar ornado com esta inscrição burguesamente cristã: *ultimam cogita!*[69] Os tetos daquela casa estão horrivelmente deteriorados, as persianas estão sempre cerradas, as sacadas, repletas de ninhos de andorinhas, as portas permanecem constantemente fechadas. Ervas crescidas desenharam com linhas verdes fendas nas escadarias, as grades estão enferrujadas. A lua, o sol, o inverno, o verão, a neve esburacaram as madeiras, empenaram os assoalhos, corroeram a pintura. O morno silêncio que lá reina é perturbado apenas pelos pássaros, gatos, fuinhas, ratos e camundongos, livres para correrem, lutarem e se devorarem. Mão invisível escreveu por toda parte a palavra: *Mistério*. Se, impulsionados pela curiosidade, os senhores forem olhar essa casa do lado da rua, perceberão uma grande porta arredondada no alto, na qual as crianças da região fizeram incontáveis buracos. Mais tarde eu soube que aquela porta estava condenada há dez anos. Por essas brechas irregulares, pode-se observar a perfeita harmonia que existe entre a fachada do jardim e a fachada do pátio. A mesma desordem reina ali. Os tufos de ervas enquadram as lajes. Fendas enormes sulcam os muros, cujas arestas enegrecidas são enlaçadas por milhares de rebentos de alfavaca. Os degraus da escadaria estão deslocados, a corda do sino, podre, as calhas, quebradas. Que fogo tombado do céu passou por ali? Que tribunal ordenou a semeadura de sal sobre aquela habitação? Teriam insultado Deus? Teriam traído a França? Isso é o que se pergunta. Os répteis rastejam por ali sem responder. Essa casa, vazia e deserta, é um imenso enigma cuja resposta ninguém conhece. Outrora um

---

69. *Ultimam cogita!*, em latim, "pensa no fim!". (N.T.)

pequeno feudo, exibe o nome de *Grande Muralha*.[70] Durante o tempo de minha estada em Vendôme, onde Desplein[71] me havia deixado para tratar de uma doente rica, a vista dessa habitação singular converteu-se num de meus mais vivos prazeres. Não era mais interessante do que uma ruína? A uma ruína atribuem-se algumas recordações de uma inegável autenticidade; mas essa habitação, ainda de pé, embora lentamente demolida por uma mão vingadora, aprisionava um segredo, um pensamento desconhecido; traía um capricho ao menos. Mais de uma vez, à tarde, me permiti abordar a sebe, tornada selvagem, que protegia esse enclave. Enfrentava os arranhões, entrava nesse jardim sem dono, nessa propriedade que não era mais nem particular nem pública; ali permanecia horas inteiras a contemplar sua desordem. Não teria desejado, mesmo à custa da história à qual sem dúvida se devia aquele espetáculo estranho, fazer uma única pergunta a qualquer morador loquaz da região. Ali, compunha romances deliciosos, entregava-me a esses pequenos desregramentos de melancolia que me deliciavam. Tivesse conhecido o motivo, talvez vulgar, desse abandono, teria perdido a poesia inédita que me embriagava. Para mim, esse abrigo representava as imagens mais variadas da vida humana, ensombrecida por suas desgraças; apresentava ora o ar de um claustro, sem os religiosos, ora a paz dos cemitérios, sem os mortos que falam a sua linguagem dos epitáfios;

---

70. No original, *Grande Bretèche*, nome do texto de Balzac de 1837, publicado como parte de *Cenas da vida da província*, que deu origem a *Outro estudo de mulher*. (N.E.)

71. Desplein: personagem fictício, cirurgião, mestre do dr. Bianchon, com quem aparece em *A missa do ateu*. (N.T.)

hoje a casa dos leprosos, amanhã a dos Átridas[72]; mas era antes de mais nada a província, com suas ideias de recolhimento, com sua vida de ampulheta. Ali muitas vezes chorei e ali jamais ri. Mais de uma vez ali senti terrores involuntários, ouvindo acima de minha cabeça o assovio surdo emitido pelas asas de algum pombo-trocaz apressado. Seu solo é úmido; é preciso desafiar os lagartos, as víboras, as rãs que por ali passeiam com a selvagem liberdade da natureza; é preciso acima de tudo não temer o frio, porque em questão de minutos se sente um manto de gelo pousar sobre os ombros, como a mão do comandante sobre o pescoço de Don Juan. Uma tarde senti um arrepio; o vento havia feito girar um velho cata-vento enferrujado, cujos gritos lembravam um gemido dado pela casa, bem no momento em que eu tecia um drama tenebroso pelo qual me explicava essa espécie de dor em forma de monumento. Voltei a meu albergue tomado por ideias sombrias. Quando tinha jantado, a hospedeira entrou no meu quarto com um ar de mistério e me disse: "Senhor, está aí o senhor Regnault".[73] "Quem é o senhor Regnault?" "Como, o senhor não conhece o senhor Regnault? Ah, é engraçado!", ela disse, retirando-se. Vi surgir de repente um homem comprido, frágil, vestido de preto, chapéu à mão, que se apresentou como

---

72. Átridas: descendentes de Atreu, personagem mitológico, celebrizados por seus crimes e pelo castigo a que foram submetidos. (N.T.)

73. Personagem fictício de *A comédia humana*. Notário de Vendôme. Executor testamentário da condessa de Merret. (N.E.)

um carneiro prestes a arremeter contra o rival, que me exibia uma fronte fugidia, uma pequena cabeça pontuda e um rosto pálido, bastante semelhante a um copo de água suja. Os senhores o teriam julgado o ordenança de um ministro. O desconhecido vestia um velho traje, muito gasto nas dobras, mas trazia um diamante no peitilho da camisa e brincos de ouro nas orelhas. "Senhor, com quem tenho a honra de falar?", perguntei-lhe. Sentou-se numa cadeira, colocou-se diante do meu fogo, pousou o chapéu sobre a minha mesa e me respondeu, esfregando as mãos: "Ah, está muito frio. Meu senhor, eu sou o senhor Regnault". Fiz uma inclinação, dizendo comigo mesmo: "*Il bondo cani!*[74] Procura". "Sou tabelião em Vendôme", ele disse. "Encantado, senhor", falei, "mas não estou em ocasião de fazer testamento, por razões que bem sei." "Um momentinho", retrucou, levantando a mão como para me impor silêncio. "Permita-me, senhor, permita-me! Soube que o senhor vai às vezes passear no jardim da Grande Muralha." "Sim, senhor." "Um momentinho", disse, repetindo seu gesto. "Esse ato constitui um verdadeiro delito. Meu senhor, venho, em nome e na qualidade de executor testamentário da falecida senhora condessa de Merret[75], lhe solicitar que não continue suas visitas. Um momentinho! Não sou um turco e não desejo fazer disso um crime. Além do mais, concedo-lhe

---

74. *Il bondo cani!*, pseudônimo usado por um califa, que circula incógnito para seduzir uma dama, na ópera-cômica *O califa de Bagdá*, de Boieldieu, de 1801. (N.T.)

75. Joséphine de Merret (? -1816). Personagem fictício de *A comédia humana*. (N.E.)

que deve ignorar as circunstâncias que me obrigam a deixar em ruínas, quase desabando, o mais belo palacete de Vendôme. Entretanto, o senhor parece um homem instruído e deve saber que as leis proíbem, sob penas graves, que se invada uma propriedade fechada. Uma sebe equivale a um muro. Mas o estado em que a casa se encontra pode servir de desculpa à sua curiosidade. Gostaria de lhe conceder a liberdade de ir e vir naquela casa; mas, encarregado de executar as vontades da testamenteira, tenho a honra, senhor, de lhe pedir para não mais entrar no jardim. Eu mesmo, senhor, desde a abertura do testamento, nunca mais pus os pés naquela casa que é parte integrante, como tive a honra de lhe dizer, da sucessão da senhora de Merret. Apenas verificamos as portas e janelas, a fim de assentar o valor dos impostos que pago anualmente, com os fundos destinados a isso pela falecida senhora condessa. Ah, meu caro senhor, o testamento dela deu muito o que falar em Vendôme!" Nesse momento o digno homem deteve-se para se assoar. Respeitei sua loquacidade, compreendendo perfeitamente que a sucessão da senhora de Merret era o acontecimento mais importante de sua vida, toda a sua reputação, a sua glória, a sua Restauração. Eu precisava dar adeus a meus belos devaneios, a meus romances; não me mostrei naquele instante rebelde ao prazer de conhecer a verdade, de uma maneira oficial. "Senhor", eu lhe disse, "seria indiscreto lhe perguntar as razões de toda essa esquisitice?" A essas palavras, perpassou pelo rosto do tabelião um ar que exprimia todo o prazer que sentem os homens que têm um cavalo de batalha, quando podem montá-lo. Ergueu o colarinho da camisa com uma espécie de autoimportância, tirou a tabaqueira, abriu-a, ofereceu-me tabaco; ante meu agradecimento, aspirou uma forte pitada de rapé. Estava feliz! Um homem que não tem um cavalo de batalha ignora o que a vida oferece de bom. Um cavalo de batalha é a medida exata entre a paixão e a monomania. Naquele momento, compreendi em toda a sua extensão aquela bela expressão de Sterne[76] e tive uma noção precisa da alegria com que tio Tobie cavalgava, com a ajuda de Trim, seu cavalo de batalha. "Senhor", me disse o senhor Regnault, "fui primeiro estagiário do senhor Roguin[77], em Paris. Excelente escritório, do qual deve ter ouvido falar. Não? No entanto uma infeliz falência o tornou célebre. Não dispondo de suficientes meios para me estabelecer em Paris, dado o elevado preço que os cargos atingiram em 1816, vim para cá, onde adquiri o escritório de meu predecessor. Eu tinha parentes em Vendôme, entre eles uma tia muito rica, que me deu sua filha em casamento. Senhor", continuou, depois de uma ligeira pausa, "três meses depois de ter sido empossado pelo monsenhor como guardião dos selos, fui chamado uma noite, no momento em que me preparava para me deitar (ainda não estava casado), pela senhora condessa de Merret, em seu castelo de Merret. Sua criada de quarto, uma excelente moça que hoje trabalha nesta hospedaria,

---

76. Referência à expressão *hobby-horse* (em inglês, cavalinho de pau, mania, passatempo ou cavalo de batalha), usada por Sterne. (N.T.)

77. Roguin: personagem fictício, tabelião, que surge em *A vendeta*. (N.T.)

estava à minha porta com a caleça da senhora condessa. Ah, um momentinho! Preciso lhe dizer, senhor, que o senhor conde de Merret havia morrido em Paris dois meses antes de minha vinda para cá. Faleceu miseravelmente, ao entregar-se a excessos de todo tipo. Compreende? No dia de sua partida, a senhora condessa havia deixado a Grande Muralha, depois de retirar a mobília. Algumas pessoas sustentam até que ela queimou os móveis, as tapeçarias, enfim todas as coisas que em geral guarneciam os lugares atualmente alugados pelo referido senhor... (Um momento, que digo? Perdão, eu acreditava estar ditando um contrato.) Que ela os queimara", continuou, "na campina de Merret. Já foi a Merret, senhor? Não", ele mesmo respondeu. "Ah, é um belo lugar! Durante cerca de três meses", prosseguiu depois de um pequeno movimento de cabeça, "o senhor conde e a senhora condessa tinham vivido de uma maneira muito estranha; não recebiam mais ninguém, a senhora habitava o andar térreo e o senhor, o primeiro andar. Quando a senhora condessa ficou sozinha, só aparecia na igreja. Mais tarde, na intimidade, em seu castelo, recusou-se a receber os amigos e amigas que vieram visitá-la. Estava muito mudada no momento em que deixou a Grande Muralha para ir para Merret. Essa querida mulher (digo querida, porque foi ela quem me deu este diamante, e isso que só a vi uma vez!), pois bem, essa boa senhora estava muito doente; ela sem dúvida já não acreditava na sua saúde, porque morreu sem recorrer aos médicos; de modo que muitas senhoras de nossa sociedade julgaram que ela não estava regulando bem da cabeça. Por isso, senhor, minha curiosidade ficou excitada de maneira fora do comum, quando soube que ela precisava de meus préstimos. Eu não era o único que se interessava por aquela história. Naquela mesma noite, ainda que já fosse tarde, a cidade inteira soube que eu ia a Merret. A criada respondeu muito vagamente às perguntas que lhe fiz no caminho; não obstante me disse que sua patroa havia recebido os sacramentos do cura de Merret durante o dia e, ao que parecia, não passaria daquela noite. Cheguei ao castelo por volta de onze horas. Subi a grande escadaria. Após haver atravessado as grandes peças, altas e escuras, frias e úmidas como o diabo, cheguei ao quarto de dormir principal, onde estava a senhora condessa. De acordo com os boatos que corriam sobre essa dama (senhor, não acabarei nunca se lhe repetir todas as histórias que lhe são atribuídas!), eu a imaginava uma mulher galante. O senhor entenderá que fiquei muito triste ao encontrá-la no grande leito em que jazia. É verdade que, para iluminar esse enorme quarto de frisos do tempo do Antigo Regime, tão empoeirado que era capaz de fazer alguém espirrar à sua simples visão, ela tinha uma dessas antigas lâmpadas de Argand. Ah, mas o senhor nunca foi a Merret! Pois bem, meu senhor, o leito era um desses leitos de antigamente, com um dossel alto, guarnecido de chita com ramagens. Junto a ele havia uma mesinha de cabeceira e vi em cima uma *Imitação de Jesus Cristo* que, entre parênteses, comprei para minha mulher, assim como a lâmpada. Havia também uma grande poltrona para a acompanhante e duas cadeiras. Não havia fogo, aliás. Esse era todo o mobiliário; não mereceria dez linhas num inventário. Ah, meu caro senhor, se tivesse visto, como vi então, esse enorme quarto, revestido de tapeçarias escuras, o senhor se acreditaria transportado para uma verdadeira cena de romance. Era glacial e, mais ainda, fúnebre", acrescentou, erguendo os braços num gesto teatral e fazendo uma pausa. "À força de olhar, aproximando-me do leito, terminei por ver a senhora de Merret, graças à luz da lâmpada, cuja claridade chegava aos travesseiros. Seu rosto estava amarelo como cera e assemelhava-se a duas mãos unidas. A senhora condessa usava uma touca de rendas que permitia ver os belos cabelos, no entanto brancos como algodão. Estava sentada e parecia assim se manter com grande dificuldade. Seus grandes olhos negros, debilitados pela febre, e sem dúvida já quase mortos, mal se moviam sob os ossos onde se localizam as sobrancelhas. Assim ó", disse ele, mostrando a própria arcada dos olhos. "A testa estava úmida. As mãos descarnadas pareciam puro osso recoberto por uma pele fina; suas veias e músculos eram perfeitamente visíveis; ela deveria ter sido muito bonita; mas naquele momento! Fui invadido por nem sei que sentimento a seu respeito. Jamais, na opinião dos que a amortalharam, uma criatura viva chegara a tal ponto de magreza sem morrer. Enfim, era assustador de ver! O mal havia corroído aquela mulher de tal forma que ela não passava de um fantasma. Seus lábios, de um violeta pálido, me pareceram imóveis quando ela me falou. Ainda que minha profissão me tenha familiarizado com esse tipo de espetáculo, ao me conduzir muitas vezes à cabeceira dos moribundos, para atestar suas vontades derradeiras, confesso que as famílias em lágrimas e as agonias que testemunhei nada eram diante dessa mulher solitária e calada dentro daquele vasto castelo. Eu não ouvia o menor ruído, não via o movimento que a respiração da doente deveria imprimir aos lençóis que a cobriam e permaneci totalmente imóvel, ocupado em olhá-la com uma espécie de estupor. Parece-me estar ainda nele. Por fim seus grandes olhos se moveram, ela tentou erguer a mão direita, que tombou sobre o leito, e suas palavras saíram de sua boca como num sopro, porque sua voz não era mais uma voz: 'Eu lhe esperava com muita impaciência'. As faces coraram vivamente. Falar, meu senhor, era um esforço grande para ela. 'Senhora', falei. Ela fez sinal para que me calasse. Nesse momento, a velha camareira levantou e me disse ao ouvido: 'Não fale, a senhora condessa não é capaz de ouvir qualquer ruído; e o que lhe dissesse poderia deixá-la agitada'. Sentei-me. Alguns instantes depois, a senhora de Merret reuniu todas as forças que lhe restavam para movimentar o braço direito e o colocou, não sem enorme sofrimento, sob o travesseiro; deteve-se por um breve momento; fez depois um último esforço para retirar a mão; e quando segurou um papel com lacre, gotas de suor tombaram-lhe da testa. 'Eu lhe confio meu testamento. Ai, meu Deus, ai!' E isso foi tudo. Segurou um crucifixo que estava sobre o leito, levou-o rapidamente aos lábios e morreu. A expressão de seus olhos fixos ainda me arrepia quando penso neles. Deve ter sofrido muito! Havia alegria em seu último olhar, sentimento que permaneceu gravado sobre os olhos mortos. Levei o testamento; e quando foi aberto, vi que a senhora de

Merret me havia nomeado seu executor testamentário. Legava a totalidade dos bens para o hospital de Vendôme, salvo alguns legados particulares. Mas vejamos quais foram suas disposições relativamente à Grande Muralha. Recomendou-me deixar essa propriedade, durante cinquenta anos completos, a contar do dia de sua morte, no estado em que se encontrasse no momento do falecimento, ficando interditada a entrada dos apartamentos a qualquer pessoa, proibindo-se a realização do menor reparo e estabelecendo até mesmo uma renda para o pagamento dos vigias, se disso houvesse necessidade, para garantir a completa execução de suas intenções. Ao expirar esse prazo, se o voto da testamenteira tiver sido cumprido, a casa deverá passar a meus herdeiros, já que o senhor sabe que os tabeliães não podem aceitar legados; caso contrário, a Grande Muralha deverá reverter a quem de direito, mas com a condição de serem cumpridas as condições indicadas num codicilo anexo ao testamento, e que deverá ser aberto ao expirarem os referidos cinquenta anos. O testamento não foi contestado, daí que..." A essa palavra e sem acabar a frase, o comprido notário me olhou com ar de triunfo e eu o deixei inteiramente feliz dirigindo-lhe alguns cumprimentos. "O senhor", eu lhe disse por fim, "me impressionou tão vivamente que me parece enxergar essa moribunda mais pálida do que os seus lençóis, seus olhos brilhantes me metem medo, e sonharei com ela esta noite. Mas o senhor deve ter feito algumas conjecturas sobre as disposições contidas nesse testamento tão estranho." "Senhor, jamais me permito julgar a conduta de pessoas que me honraram com a doação de um diamante", disse ele com uma reserva cômica. Mas logo desatei a língua do escrupuloso tabelião do lugarejo, que me comunicou, não sem longas digressões, as observações feitas pelos profundos políticos, dos dois sexos, cujos decretos se tornam lei em Vendôme. Mas essas observações eram tão contraditórias, tão difusas, que quase dormi, apesar do interesse que tinha nessa história verídica. O tom pesado e o ritmo monótono do notário, habituado sem dúvida a escutar a si mesmo, e a se fazer escutar por seus clientes ou seus conterrâneos, venceu minha curiosidade. Felizmente, foi embora. "Ah meu senhor, muita gente", ele ainda me disse na escada, "gostaria de viver mais 45 anos; mas, um momentinho!" Colocou, com ar ardiloso, o indicador da mão direita sobre a narina, como se quisesse dizer: *Preste bem atenção nisso*. "Para chegar lá, até lá, não se pode ter sessenta anos." Fechei a porta, após ter sido arrancado de minha apatia por essa última tirada, que o tabelião julgou muito espirituosa. Em seguida me sentei no sofá, colocando os pés sobre os dois cães de minha chaminé. Embrenhava-me num romance à la Radcliffe[78], edificado sobre os dados jurídicos do senhor Regnault, quando minha porta, manobrada pela hábil mão de uma mulher, girou sobre os gonzos. Vi entrar minha hospedeira, mulher gorda e alegre, de bom humor, que errara de vocação: era uma flamenga que deveria ter nascido num quadro de

---

78. Radcliffe: referência a Anne Radcliffe (1768-1823), romancista inglesa autora de livros de terror como *O confessionário dos penitentes negros*. (N.T.)

Teniers.[79] "E então senhor?", perguntou ela. "O senhor Regnault sem dúvida lhe torrou a paciência com a sua história da Grande Muralha!" "Sim, dona Lepas[80]". "O que foi que ele lhe contou?" Repeti em poucas palavras a fria e tenebrosa história da senhora de Merret. A cada frase, minha hospedeira esticava o pescoço, olhando-me com uma perspicácia de hoteleira, espécie de exato meio-termo entre o instinto do policial, a sagacidade do espião e a astúcia do negociante. E acrescentei, ao terminar: "Minha cara senhora Lepas, a senhora parece saber muito mais. Não é? Do contrário, por que teria subido até o meu quarto?" "Ah, palavra de uma mulher honesta, tão verdadeira quanto eu me chamo Lepas...." "Não jure, o segredo está saindo por seus olhos. A senhora conheceu o senhor de Merret. Que tipo de homem ele era?" "Conheci, e como! O senhor de Merret, veja só, era um belo homem que a gente não terminava nunca de ver, de tão comprido que era! Um fidalgo digno vindo da Picardia e que tinha, como dizemos aqui, a cabeça no lugar. Pagava tudo em dinheiro e à vista, para não ter problemas com ninguém. O senhor pode ver que ele era muito esperto. Todas as damas daqui o achavam muito amável." "Por que ele era esperto?", perguntei à minha hospedeira. "Talvez também por isso", disse ela. "Pense bem, meu senhor, que ele precisava ter alguma coisa especial nele, como se diz, para ter casado com a senhora de Merret que, sem querer diminuir as outras, era a pessoa mais bonita e

---

79. Teniers: sobrenome de dois populares pintores flamengos. (N.T.)

80. Personagem fictício de *A comédia humana*. (N.E.)

rica de Vendôme. Ela possuía cerca de vinte mil libras de renda. A cidade em peso compareceu a seu casamento. A noiva era delicada e graciosa, uma verdadeira joia de mulher. Ah, eles faziam um belo casal na época!" "Foram felizes no casamento?" "Bem, sim e não, ao que se possa saber, por que não vivíamos unha e carne com eles! A senhora de Merret era uma mulher boa, muito gentil, que talvez tenha sofrido algumas vezes com o sangue quente do marido; mas ainda que um tanto orgulhoso, nós gostávamos dele. Bem, aquele era o jeito dele! Quando uma pessoa é nobre, o senhor sabe..." "Mas não é preciso que tenha havido alguma catástrofe para que o senhor e a senhora de Merret se separassem violentamente?" "Não falei que tenha havido qualquer catástrofe, meu senhor. Não sei de nada." "Pois bem, agora eu tenho certeza de que a senhora sabe de tudo." "Está bem, meu senhor, vou lhe contar tudo. Quando vi o senhor Regnault subir ao seu quarto, logo imaginei que ele lhe iria falar da senhora de Merret, a propósito da Grande Muralha. Isso me deu a ideia de me aconselhar com o senhor, que me parece um homem que sabe das coisas e incapaz de trair uma pobre mulher como eu, que nunca fez mal a ninguém e que se sente agora atormentada por sua consciência. Até hoje nunca me atrevi a me abrir com o povo daqui, são todos uns faladores de língua afiada. Enfim, meu senhor, até hoje não tive viajante algum que tivesse se demorado tanto quanto o senhor no meu albergue e a quem eu pudesse contar a história dos quinze mil francos..." "Minha querida senhora Lepas!", respondi, detendo-lhe o fluxo de palavras, "se a sua confidência é de natureza a me comprometer, de jeito nenhum gostaria de tomar conhecimento dela." "Não precisa temer nada", ela disse, interrompendo. "O senhor vai ver." Essa presteza por parte dela me fez acreditar que eu não era a primeira pessoa a quem minha boa hospedeira havia confiado o segredo do qual eu deveria ser o único depositário, e tratei de escutar. "Meu senhor", ela prosseguiu, "quando o imperador enviou para cá espanhóis prisioneiros de guerra ou coisa assim, tive de alojar, por conta do governo, um jovem espanhol mandado para Vendôme sob palavra. Apesar da palavra dada, ele tinha de se apresentar todos os dias ao subprefeito. Era um nobre de Espanha! Acha pouco? Ele levava um nome terminado em *os* e um em *dia*, como Bagos de Férédia. Tenho seu nome escrito em meus registros; o senhor pode ler lá, se quiser. Ah, era um bonito rapaz para um espanhol, que todos dizem ser feios. Não tinha mais que um metro e 64 centímetros de altura, por aí, mas era bem-feito de corpo; tinha mãos pequenas que cuidava, o senhor precisava só ver. Tinha tantas escovas para suas mãos quanto uma mulher tem para toda a sua toalete! Possuía longos cabelos negros, olhos de fogo, tez um pouco acobreada, mas que me agradava assim mesmo. Vestia roupa de baixo tão fina como nunca vi em outra pessoa, embora tenha hospedado princesas e, entre outros, o general Bertrand[81], o duque e a duquesa

---

81. General Bertrand: conde Henri-Gatien Bertrand (1773-1844), fiel general de Napoleão, a quem acompanhou nos exílios nas ilhas de Elba e Santa Helena. Desta última ilha regressou à França com as cinzas do imperador. (N.T.)

d'Abrantès[82], o senhor Decazes[83] e o rei da Espanha. Não comia muito; mas tinha maneiras tão polidas, tão amáveis, que não se podia deixar de gostar dele. Ah, eu gostava muito dele, ainda que não dissesse quatro palavras por dia e fosse impossível manter com ele a menor conversação; se lhe falávamos, não respondia; é um tique, uma mania que todos eles têm, pelo que me disseram. Lia seu breviário como um padre, ia à missa e a todos os ofícios com regularidade. Onde se colocava ele? Só observamos isso mais tarde: a dois passos da capela da senhora de Merret. Como se meteu lá desde a primeira vez em que foi à igreja, ninguém imaginou que houvesse alguma intenção por trás daquilo. Além do mais, não levantava o nariz do seu livro de orações, o pobre rapaz! Naquela ocasião, senhor, ele costumava caminhar à tarde pelas montanhas, nas ruínas do castelo. Era seu único divertimento, pobre homem, elas lhe recordavam seu país. Dizem que a Espanha é cheia de montanhas! Desde os primeiros dias de sua detenção, ele se retardava. Ficava inquieta de só vê-lo retornar quando batia meia-noite; mas nos habituamos todos à sua fantasia; ele pegara a chave da porta e não o esperávamos mais. Hospedava-se na casa que tínhamos na Rue de Casernes. Foi então que um de nossos empregados da estrebaria nos contou que uma

---

82. Duque de Abrantès: título do general Junot (1771-1813), comandante da invasão de Portugal que resultou na fuga de dom João VI para o Brasil. Sua mulher, amiga de Balzac, publicou um livro de memórias. (N.T.)

83. Sr. Decazes: duque Elie Decazes (1780-1860), ministro de Louis XVIII. (N.T.)

tarde, tendo ido dar banho nos cavalos no rio, julgou ter visto o nobre espanhol nadando longe no rio como um verdadeiro peixe. Quando ele regressou, eu lhe disse que tomasse cuidado com as raízes e ele pareceu contrariado pelo fato de que o tivessem visto na água. Enfim, senhor, um dia, ou melhor, numa certa manhã, não o encontramos em seu quarto, não havia voltado. À força de vasculhar por tudo, vi um papel escrito na gaveta de sua mesa onde havia cinquenta peças de ouro espanholas, que chamamos de portuguesas e que valem cerca de cinco mil francos, além de diamantes no valor de dez mil francos, numa pequena caixa selada. Seu bilhete dizia que, caso não voltasse, nos deixava o dinheiro e os diamantes, com o encargo de custear missas para agradecer a Deus por sua evasão e por sua saúde. Naquela época eu ainda tinha meu marido, que correu à sua procura. E aí está o estranho da história! Ele voltou com as roupas do espanhol, que descobrira sob uma grande pedra, numa espécie de pilotis sobre a margem do rio, do lado do castelo, não muito longe da Grande Muralha. Meu marido tinha ido lá tão cedo que ninguém o viu. Queimou as roupas, depois de haver lido a carta, e declaramos, seguindo o desejo do conde Férédia, que ele havia se evadido. O subprefeito pôs a gendarmeria inteira no seu rastro; mas, caramba, não o pegaram de jeito nenhum. O senhor Lepas acreditava que o espanhol tinha se afogado. Quanto a mim, senhor, não acho isso não, acredito mais que ele está de alguma forma envolvido com esse assunto da senhora de Merret, visto que Rosalie me contou que o crucifixo que sua patroa queria tanto, a ponto de se fazer enterrar com ele, era de ébano e prata; ora, nos primeiros dias de sua permanência entre nós, o senhor Férédia tinha um de ébano e prata que nunca mais vi com ele. Agora, senhor, diga, não é verdade que não preciso ter remorsos por causa dos quinze mil francos do espanhol e que eles estão muito bem comigo?" "Com certeza. Mas você não procurou interrogar Rosalie?", perguntei. "Claro que fiz isso, meu senhor. Mas o que o senhor quer? Aquela moça é uma pedra. Ela sabe alguma coisa; mas é impossível fazer com que abra o bico." Depois de haver ainda conversado mais um pouco, minha hospedeira se foi, deixando-me entregue a pensamentos vagos e tenebrosos, a uma curiosidade romântica, a um terror religioso muito semelhante ao sentimento profundo que se apodera de nós quando entramos à noite numa igreja escura, onde percebemos uma luz fraca e distante sob as arcadas elevadas; uma figura indecisa desliza, um roçar de vestido ou de sotaina se faz ouvir... e nos arrepiamos. A Grande Muralha, sua alta vegetação, suas janelas condenadas, suas ferragens enferrujadas, suas portas fechadas, seus aposentos desertos, se mostrava de repente fantasmagórica diante de mim. Tentei penetrar nessa moradia misteriosa para nela procurar o nó dessa história solene, o drama que matara três pessoas. Rosalie tornou-se a meus olhos o ser mais interessante de Vendôme. Descobri, ao examiná-la, os vestígios de um pensamento oculto, apesar da reluzente saúde que brilhava em seu rosto rechonchudo. Havia nela um princípio de remorso ou de esperança; sua atitude anunciava um segredo, como o dos devotos que rezam em excesso ou o da infanticida que ouve o tempo todo o último grito do filho. Sua postura era no entanto ingênua e grosseira, seu sorriso tolo nada tinha de criminoso, e os senhores a teriam julgado inocente, bastando para isso ver o grande lenço quadriculado em azul e vermelho que recobria seu busto vigoroso, emoldurado, fechado, amarrado por um vestido de riscas brancas e violetas. "Não", pensei, "não deixarei Vendôme sem descobrir toda a história acontecida na Grande Muralha. Para conseguir isso, vou me tornar amigo de Rosalie, se isso for absolutamente necessário." "Rosalie", eu a chamei uma tarde. "Às ordens, senhor." "Você é casada?" Ela estremeceu ligeiramente. "Ah, homens não haverão de me faltar, se a fantasia de ser infeliz tomar conta de mim!", respondeu rindo. Recuperou-se imediatamente de sua emoção íntima, porque todas as mulheres, da grande dama às criadas de albergues, têm um sangue-frio que lhes é inerente. "Você é demasiadamente saudável, demasiadamente apetitosa para que lhe faltem amores! Mas me diga, Rosalie, por que você foi trabalhar como empregada de albergue ao deixar a senhora de Merret? Ela não lhe deixou nenhuma renda?" "Ah, claro que sim! Mas, senhor, não há emprego melhor do que o meu em toda Vendôme." Essa resposta era uma daquelas que os juízes e os advogados chamam de *dilatórias*. Rosalie me parecia situada nessa história romanesca como a casa que se encontra no meio de um tabuleiro de damas; estava no centro preciso do interesse e da verdade; ela me parecia atada naquele nó. Não mais se tratava de uma sedução comum a me tentar, havia naquela moça o capítulo final de um romance; por isso, a partir desse momento,

Rosalie tornou-se o objeto de minha predileção. À força de estudar essa moça, observei nela, como em todas as mulheres que se tornam o nosso principal pensamento, uma porção de qualidades: era asseada, cuidadosa; era bonita, nem é necessário dizer; em breve possuía todos os atrativos que o nosso desejo empresta às mulheres, qualquer que seja a situação em que elas possam estar. Quinze dias após a visita do tabelião, uma tarde, ou melhor, uma manhã, porque ainda era cedo, ordenei a Rosalie: "Conte-me tudo o que sabe sobre a senhora de Merret." "Ah, não me peça isso, senhor Horace!", respondeu assustada. Seu belo rosto ficou sombrio, suas cores vivas e animadas empalideceram e seus olhos perderam o inocente brilho úmido. "Muito bem, já que o senhor quer assim, vou lhe contar", continuou. "Mas me guarde bem esse segredo!" "Vamos lá, minha pobre menina, guardarei todos os seus segredos com uma probidade de ladrão, a mais leal que existe." "Se não se importa", retrucou, "prefiro que seja com a sua." Dito isso, ajeitou o lenço de pescoço e assumiu a pose de quem vai contar; porque existe, com certeza, uma atitude de confiança e segurança necessária para se fazer uma narração. As melhores narrações se fazem a uma certa hora, como estamos todos agora à mesa. Ninguém jamais contou uma boa história em pé ou em jejum. Mas se fosse necessário reproduzir fielmente a difusa eloquência de Rosalie, um volume inteiro não seria suficiente. Ora, como o acontecimento de que ela me dava confuso conhecimento estava situado entre a tagarelice do tabelião e da senhora Lepas, tão exatamente quanto os termos médios de uma proporção aritmética estão entre seus dois extremos, não tenho mais para lhes dizer que não seja em poucas palavras. Vou pois resumir. O quarto que a senhora de Merret ocupava na Grande Muralha estava localizado no térreo. Um cubículo de cerca de um metro e trinta centímetros de profundidade, feito no interior da parede, lhe servia de guarda-roupa. Três meses antes da noite de que vou lhes contar os fatos, a senhora de Merret estivera seriamente indisposta, a ponto de o marido deixá-la a sós em seus aposentos e passar a dormir num quarto do primeiro andar. Por um desses acasos impossíveis de prever, ele voltou, na referida noite, duas horas mais tarde do que de costume do clube onde ia ler os jornais e falar de política com os moradores do lugar. Sua mulher acreditava que ele já voltara, que estava recolhido e dormindo. Mas a invasão da França havia sido objeto de uma discussão muito animada; a partida de bilhar esquentara, ele perdera quarenta francos, soma enorme para Vendôme, onde todo mundo guarda dinheiro e onde os costumes estão contidos nos limites de uma modéstia digna de elogios, a qual se torna talvez a fonte de uma felicidade verdadeira com que nenhum parisiense se preocupa. Já há algum tempo, o senhor de Merret se contentava em perguntar a Rosalie se sua mulher estava deitada; ante a resposta sempre afirmativa da moça, ia imediatamente para seus aposentos, com a tranquilidade que o hábito e a confiança proporcionam. Ao entrar naquela noite, foi possuído pela fantasia de se dirigir ao quarto da senhora de Merret, para lhe contar sua desventura e, quem sabe, para se consolar dela. Durante o jantar, achara a senhora de

Merret por demais arrumada; dirigindo-se ao clube, ele se dizia que sua mulher não mais sofria, que sua convalescença a embelezara; e se apercebia disso como os maridos se apercebem de tudo, um pouco tarde. Em vez de chamar Rosalie, que nesse momento ocupava-se na cozinha em assistir ao cozinheiro e ao cocheiro jogarem uma parada difícil de bisca, o senhor de Merret encaminhou-se para o quarto da mulher, à luz de sua lanterna, que havia depositado sobre o primeiro degrau da escada. Seu passo fácil de reconhecer ressoava sob as arcadas do corredor. No momento em que o fidalgo girou a chave do quarto da esposa, acreditou ter ouvido se fechar a porta do cubículo de que lhes falei; mas quando entrou, a senhora de Merret estava só, em pé diante da lareira. O marido ingenuamente pensou consigo mesmo que Rosalie estava no cubículo; no entanto uma suspeita que tilintou em seu ouvido com um ruído de sinos o deixou desconfiado; olhou a mulher e vislumbrou em seus olhos alguma coisa de perturbação e estranheza. "Voltou tarde", ela disse. Essa voz em geral tão pura e graciosa lhe pareceu ligeiramente alterada. O senhor de Merret nada respondeu, porque nesse momento Rosalie entrou. Foi como se um raio o atingisse. Caminhou pelo quarto, indo de uma janela a outra num movimento uniforme, braços cruzados. "Você recebeu alguma notícia triste; ou não está se sentindo bem?", perguntou-lhe timidamente sua mulher, enquanto Rosalie a despia. Ele permaneceu em silêncio. "Pode ir", disse a senhora de Merret à sua criada de quarto. "Colocarei os papelotes eu mesma." Ela adivinhava alguma desgraça pelo simples aspecto do rosto do marido e quis ficar a sós com ele. Quando Rosalie foi embora, ou fingiu ter ido embora, já que permaneceu alguns instantes no corredor, o senhor de Merret postou-se na frente da mulher e disse friamente: "Minha senhora, há alguém no seu gabinete!". Ela olhou o marido com ar calmo e respondeu com simplicidade: "Não há, não senhor". Esse *não* enervou o senhor de Merret, que não acreditava nele; e no entanto nunca sua mulher lhe parecera mais pura ou mais religiosa do que naquele momento. Ele se levantou pronto para abrir a porta do gabinete; a senhora de Merret o segurou pela mão, o reteve, o olhou com ar melancólico e lhe disse com voz singularmente emocionada: "Se não encontrar ninguém, pense que tudo estará acabado entre nós!". A inacreditável dignidade impressa na atitude de sua mulher restituiu ao fidalgo uma profunda estima por ela e lhe inspirou uma dessas resoluções às quais falta apenas uma grande plateia para se tornarem imortais: "Não, Josephine", ele disse, "não irei em frente. Ou num ou noutro caso, estaríamos separados para sempre. Escute, conheço toda a pureza de sua alma e sei que você leva uma santa vida, sei que não iria querer cometer um pecado mortal à custa de sua vida." A essas palavras, a senhora de Merret olhou o marido com olhar desvairado. "Tome, aqui está o seu crucifixo", acrescentou o homem. "Jure perante Deus que não há ninguém ali e acreditarei em você, não abrirei nunca mais aquela porta." A senhora de Merret pegou o crucifixo e disse: "Eu juro". "Mais alto, repete", ordenou o marido. "Juro perante Deus que não há ninguém dentro do gabinete", ela repetiu, sem se perturbar.

"Muito bem", disse friamente o senhor de Merret; e após um momento de silêncio: "Você tem uma coisa muito bonita que eu não conhecia", disse, examinando o crucifixo de ébano incrustado de prata e esculpido de maneira altamente artística. "Eu o encontrei na loja de Duvivier[84], que, quando aquele grupo de prisioneiros passou por Vendôme no ano passado, o comprou de um religioso espanhol." "Ah!", exclamou o senhor de Merret, recolocando o crucifixo no prego. Ele tocou a campainha. Rosalie não se fez esperar. O senhor de Merret foi vivamente a seu encontro, a conduziu para junto da janela que dava para o jardim e lhe disse em voz baixa: "Sei que Gorenflot quer casar com você, apenas a pobreza os impede de viverem juntos; e você lhe disse que não seria sua mulher se ele não encontrasse um meio de se estabelecer como pedreiro... pois bem, vá procurá-lo, diga-lhe para vir aqui com a sua colher de pedreiro e demais ferramentas. Proceda de maneira a acordar apenas a ele na casa onde mora; a sorte dele será muito maior do que vocês esperam. Sobretudo, vá lá sem dar com a língua nos dentes, senão...", e ergueu as sobrancelhas. Rosalie saiu e ele a chamou de volta: "Pegue a minha chave mestra", disse. Depois berrou no corredor: "Jean!". Jean, que era ao mesmo tempo seu cocheiro e homem de confiança, deixou a partida de bisca e veio a seu encontro. "Vão se deitar todos", disse o patrão, enquanto fazia sinal para que se aproximasse; e o fidalgo acrescentou, em voz baixa: "Quando tiverem todos dormido, mas dormido mesmo, entendeu bem?, desça e venha me avisar". O senhor de

---

84. Personagem fictício de *A comédia humana*. (N.E.)

Merret, que não perdera de vista a esposa enquanto dava as ordens, voltou tranquilamente para junto dela diante do fogo e se pôs a relembrar o transcorrer da partida de bilhar e as discussões no clube. Quando Rosalie voltou, encontrou o senhor e a senhora de Merret conversando muito amigavelmente. O fidalgo recentemente mandara estucar todas as peças que formavam os aposentos de recepção do térreo. O gesso é muito raro em Vendôme, e o transporte aumenta em muito seu preço, por isso o fidalgo fizera vir uma enorme quantidade, sabendo perfeitamente que encontraria sem dificuldades compradores para o que sobrasse. Essa circunstância lhe inspirou o plano que pôs em execução. "Meu senhor, Gorenflot está aí", informou Rosalie em voz baixa. "Que ele entre!", respondeu em voz alta o fidalgo da Picardia. A senhora de Merret empalideceu ligeiramente ao ver o pedreiro. "Gorenflot", ordenou o marido, "pegue os tijolos no alpendre e traga o suficiente para murar a porta deste gabinete; utilize o gesso que sobrou para rebocar a parede." Depois, chamando para junto de si Rosalie e o operário, disse em voz baixa: "Ouça, Gorenflot, esta noite você dormirá aqui em casa. Mas amanhã de manhã você receberá um passaporte e irá para um país estrangeiro, para uma cidade que indicarei. Vou lhe entregar seis mil francos para a viagem. Você morará dez anos nessa cidade; se ela não lhe agradar, você poderá se estabelecer em outra, desde que seja nesse mesmo país. Você passará por Paris, onde me aguardará. Lá, vou lhe assegurar por contrato outros seis mil francos, que lhe serão pagos por ocasião de sua volta, desde que tenha cumprido os termos de nosso acordo. Nessas condições, você deverá guardar o mais profundo silêncio a respeito do que terá feito aqui esta noite. Quanto a você, Rosalie, eu lhe darei dez mil francos, que só receberá no dia de seu casamento e com a condição de desposar Gerenflot; mas para que se case, é necessário que se cale. Do contrário, não há mais dote." "Rosalie", chamou a senhora de Merret, "venha me pentear." O marido caminhava tranquilamente de um lado para outro, vigiando a porta, o pedreiro e a mulher, mas sem deixar transparecer uma desconfiança injuriosa. Gorenflot foi obrigado a fazer barulho. A senhora de Merret aproveitou um momento em que o operário descarregava os tijolos e o marido se encontrava na outra extremidade do quarto para dizer a Rosalie: "Mil francos de renda para você, minha criança, se conseguir dizer para Gorenflot deixar uma fenda na parte de baixo". Depois, ela lhe disse em voz alta, com sangue-frio: "Vá lá ajudá-lo!". O senhor e a senhora de Merret permaneceram silenciosos durante todo o tempo em que Gorenflot murou a porta. Esse silêncio era puro cálculo por parte do marido, que não queria dar pretexto à mulher para lançar palavras de duplo sentido; e de parte da senhora de Merret era prudência ou orgulho. Quando o muro estava na metade de sua altura, o astucioso pedreiro aproveitou um momento em que o fidalgo estava de costas para dar um golpe de picareta num dos dois vidros da porta. Esse gesto fez compreender à senhora de Merret que Rosalie falara com Gorenflot. Os três viram então o rosto de um homem escuro e moreno, cabelos negros, olhar de fogo. Antes que o marido se voltasse, a pobre mulher teve tempo de fazer um sinal de cabeça ao estranho, como se com ele dissesse: "Aguarde!". Às quatro da manhã, já quase amanhecendo, porque era o mês de setembro, a construção foi concluída. O pedreiro ficou sob a guarda de Jean, e o senhor de Merret dormiu no quarto da mulher. Pela manhã, ao se levantar, disse com preocupação: "Ah, diabos, preciso ir à prefeitura para tirar o passaporte". Pôs o chapéu na cabeça, deu três passos em direção à porta, mudou de ideia, pegou o crucifixo. Sua mulher estremeceu de felicidade: "Ele vai até o Duvivier", pensou. Assim que o fidalgo saiu, a senhora de Merret tocou a campainha para chamar Rosalie. E lhe disse, com voz terrível: "A picareta, a picareta", gritou. "E mãos à obra. Vi ontem como Gorenflot fazia, teremos tempo de fazer um buraco e depois fechá-lo." Num piscar de olhos, Rosalie trouxe uma espécie de marreta para sua patroa que, com um ardor de que não se pode ter ideia, pôs-se a demolir o muro. Já conseguira arrancar alguns tijolos quando, ao tomar ar para aplicar um golpe ainda mais vigoroso, viu o senhor de Merret atrás dela e desmaiou. "Ponha a senhora na cama", disse friamente o fidalgo. Prevendo o que iria acontecer em sua ausência, ele preparara uma armadilha para a mulher; limitara-se a escrever ao prefeito e mandara chamar Duvivier. O joalheiro chegou no momento em que a desordem do aposento acabara de ser resolvida. "Duvivier", perguntou o fidalgo, "você comprou crucifixos dos espanhóis que passaram por aqui?" "Não senhor." "Bem, eu lhe agradeço", disse, trocando com a mulher um olhar de tigre. "Jean", acrescentou, voltando-se para o criado de confiança, "mande servir meu café da manhã no quarto da senhora de Merret, ela está doente e eu não a deixarei até que esteja curada." O cruel fidalgo permaneceu vinte dias junto da mulher. Durante os primeiros momentos, quando havia algum ruído no gabinete murado e quando Joséphine queria implorar pelo desconhecido moribundo, ele lhe respondia, sem lhe permitir dar uma palavra mais: "Você jurou pela cruz que não havia ninguém".

Depois dessa narrativa, todas as mulheres se levantaram da mesa e o encanto sob o qual Bianchon as havia conservado foi dissipado por esse movimento. Ainda assim, algumas delas haviam quase sentido frio ao escutarem a última palavra.

Paris, junho 1839-1842

# Cronologia

**1799** – 20 de maio: nasce em Tours, no interior da França, Honoré Balzac, segundo filho de Bernard-François Balzac (antes, Balssa) e Anne-Charlotte-Laure Sallambier (outros filhos seguirão: Laure, 1800, Laurence, 1802, e Henri-François, 1807).

**1807** – Aluno interno no Colégio dos Oratorianos, em Vendôme, onde ficará seis anos.

**1813-1816** – Estudos primários e secundários em Paris e Tours.

**1816** – Começa a trabalhar como auxiliar de tabelião e matricula-se na Faculdade de Direito.

**1819** – É reprovado num dos exames de bacharel. Decide tornar-se escritor. Nessa época, é muito influenciado pelo escritor escocês Walter Scott (1771-1832).

**1822** – Publicação dos cinco primeiros romances de Balzac, sob os pseudônimos de lorde R'Hoone e Horace de Saint-Aubin. Início da relação com madame de Berny (1777-1836).

**1823** – Colaboração jornalística com vários jornais, o que dura até 1833.

**1825** – Lança-se como editor. Torna-se amante da duquesa d'Abrantès (1784-1838).

**1826** – Por meio de empréstimos, compra uma gráfica.

**1827** – Conhece o escritor Victor Hugo. Entra como sócio em uma fundição de tipos gráficos.

**1828** – Vende sua parte na gráfica e na fundição.

**1829** – Publicação do primeiro texto assinado com seu nome, *Le Dernier Chouan* ou *La Bretagne en 1800* (posteriormente *Os Chouans*), de "Honoré Balzac", e de *A fisiologia do casamento*, de autoria de "um jovem solteiro".

**1830** – *La Mode* publica *El Verdugo*, de "H. de Balzac". Demais obras em periódicos: *Estudo de mulher*, *O elixir da longa vida*, *Sarrasine* etc. Em livro: *Cenas da vida privada*, com contos.

**1831** – *A pele de onagro* e *Contos filosóficos* o consagram como romancista da moda. Início do relacionamento com a marquesa de Castries (1796-1861). *Os proscritos*, *A obra-prima desconhecida*, *Mestre Cornélius* etc.

**1832** – Recebe uma carta assinada por "A Estrangeira", na verdade Ève Hanska. Em periódicos: *Madame Firmiani*, *A mulher abandonada*. Em livro: *Contos jocosos*.

**1833** – Ligação secreta com Maria du Fresnay (1809-1892). Encontra madame Hanska pela primeira vez. Em periódicos: *Ferragus*, início de *A duquesa de Langeais*, *Teoria do caminhar*, *O médico de campanha*. Em livro: *Louis Lambert*. Publicação dos primeiros volumes (*Eugénie Grandet* e *O ilustre Gaudissart*) de *Études des moeurs au XIXème siècle*, que é dividido em "Cenas da vida privada", "Cenas da vida de província", "Cenas da vida parisiense": a pedra fundamental da futura *A comédia humana*.

**1834** – Consciente da unidade da sua obra, pensa em dividi-la em três partes: *Estudos de costumes*, *Estudos filosóficos* e *Estudos analíticos*. Passa a utilizar sistematicamente os mesmos personagens em vários romances. Em livro: *História dos treze* (menos o final de *A menina dos olhos de ouro*), *A busca do absoluto*, *A mulher de trinta anos*; primeiro volume de *Estudos filosóficos*.

**1835** – Encontra madame Hanska em Viena. Folhetim: *O pai Goriot*, *O lírio do vale* (início). Em livro: *O pai Goriot*, quarto volume de *Cenas da vida parisiense* (com o final de *A menina dos olhos de ouro*). Compra o jornal *La Chronique de Paris*.

**1836** – Inicia um relacionamento amoroso com "Louise", cuja identidade é desconhecida. Publica, em seu próprio jornal, *A missa do ateu*, *A interdição* etc. *La Chronique de Paris* entra em falência. Pela primeira vez na França um romance (*A solteirona*, de Balzac) é publicado em folhetins diários, no *La presse*. Em livro: *O lírio do vale*.

**1837** – Últimos volumes de *Études des moeurs au XIXème siècle* (contendo o início de *Ilusões perdidas*), *Estudos filosóficos*, *Facino Cane*, *César Birotteau* etc.

**1838** – Morre a duquesa de Abrantès. Folhetim: *O gabinete das antiguidades*. Em livro: *A casa de Nucingen*, início de *Esplendor e miséria das cortesãs*.

**1839** – Retira candidatura à Academia em favor de Victor Hugo, que não é eleito. Em folhetim: *Uma filha de Eva*, *O cura da aldeia*, *Beatriz* etc. Em livro: *Tratado dos excitantes modernos*.

**1840** – Completa-se a publicação de *Estudos filosóficos*, com *Os proscritos*, *Massimilla Doni* e *Seráfita*. Encontra o nome *A comédia humana* para sua obra.

**1841** – Acordo com os editores Furne, Hetzel, Dubochet e Paulin para publicação de suas obras completas sob o título *A comédia humana* (17 tomos, publicados de 1842 a 1848, mais um póstumo, em 1855). Em folhetim: *Um caso tenebroso*, *Ursule Mirouët*, *Memórias de duas jovens esposas*, *A falsa amante*.

**1842** – Folhetim: *Albert Savarus, Uma estreia na vida* etc. Saem os primeiros volumes de *A comédia humana*, com textos inteiramente revistos.

**1843** – Encontra madame Hanska em São Petersburgo. Em folhetim: *Honorine* e a parte final de *Ilusões perdidas*.

**1844** – Folhetim: *Modeste Mignon, Os camponeses* etc. Faz um *Catálogo das obras que conterá A comédia humana* (ao ser publicado, em 1845, prevê 137 obras, das quais 50 por fazer).

**1845** – Viaja com madame Hanska pela Europa. Em folhetim: a segunda parte de *Pequenas misérias da vida conjugal, O homem de negócios*. Em livro: *Outro estudo de mulher* etc.

**1846** – Em folhetim: terceira parte de *Esplendor e miséria das cortesãs, A prima Bette*. O editor Furne publica os últimos volumes de *A comédia humana*.

**1847** – Separa-se da sua governanta, Louise de Brugnol, por exigência de madame Hanska. Em testamento, lega a madame Hanska todos seus bens e o manuscrito de *A comédia humana* (os exemplares da edição Furne corrigidos a mão por ele próprio). Simultaneamente em romance-folhetim: *O primo Pons, O deputado de Arcis*.

**1848** – Em Paris, assiste à revolução e à proclamação da Segunda República. Napoleão III é presidente. Primeiros sintomas de doença cardíaca. É publicado *Os parentes pobres*, o 17º volume de *A comédia humana*.

**1850** – 14 de março: Casa-se com madame Hanska. Os problemas de saúde se agravam. O casal volta a Paris. Diagnosticada uma peritonite. Morre a 18 de agosto. O caixão é carregado da igreja Saint-Philippe-du-Roule ao cemitério Père-Lachaise pelos escritores Victor Hugo e Alexandre Dumas, pelo crítico Sainte-Beuve e pelo ministro do Interior. Hugo pronuncia o elogio fúnebre.

lepmeditores
**www.lpm.com.br**
o site que conta tudo

IMPRESSÃO:

**PALLOTTI**
GRÁFICA

Santa Maria - RS | Fone: (55) 3220.4500
*www.graficapallotti.com.br*